Danseuse
à l'école du Royal Ballet

Dans l'*ABC de la danse,* situé à la fin du livre,
tu trouveras la définition des termes appartenant
au vocabulaire de la danse classique.

À Amanda Moxey pour son aide et son enthousiasme. – A. M.

Je remercie tout particulièrement Sue Mongredien.

Traduit de l'anglais par Nouannipha Simon

Illustations intérieures : Chloé Bureau du Colombier

ISBN : 2-07-057473-3
Titre original : *The Royal Ballet School Diaries*
3. *Isabelle's Perfect Performance*
Édition originale publiée par Grosset et Dunlap,
une division de Penguin Young Readers Group, New York
Série créée par Working Partners Ltd.
© Working Partners Ltd., 2005, pour le texte
© Éditions Gallimard Jeunesse, 2005, pour la traduction
N° d'édition : 140129
Loi n° 49-956 du 16 juillet 1949
sur les publications destinées à la jeunesse
Dépôt légal : mars 2006
Imprimé en Espagne par Novoprint (Barcelone)

Alexandra Moss

Danseuse
à l'école du Royal Ballet
La nouvelle élève

GALLIMARD JEUNESSE

1

Samedi 4 janvier.

Cher Journal,
Je vais bientôt commencer mon deuxième semestre à l'école du Royal Ballet. J'ai tellement hâte de retrouver mes amies et de reprendre les cours de danse que je tiens à peine en place !

Les vacances de Noël ont été fantastiques : j'ai eu le privilège de danser Casse-Noisette *avec la troupe du Royal Ballet. Rien que d'y repenser, j'en ai des frissons. Peu d'élèves ont eu cette chance.*

Ce n'est pas tout, maman et Steve se sont mariés ! Il va me falloir un peu de temps pour me faire à l'idée de ne plus avoir maman pour moi toute seule, mais cela va nous faire du bien à toutes les deux. Steve est vraiment sympa et en plus, il ADORE maman. Et je dois avouer qu'il a très bon goût !

Je suis restée à Oxford pendant la lune de miel de

mes parents. C'était génial de pouvoir passer du temps avec Chloé. Elle m'a présenté les nouveaux amis qu'elle s'est faits au collège. Ils sont super cool.

Noël a été fabuleux. Tout juste rentrés d'Espagne, maman et Steve n'arrêtaient pas de s'embrasser. J'ai fait semblant d'être choquée, mais en fait, j'adore les voir aussi amoureux.

Hier, maman nous a emmenées, Mélissa et moi, voir Le Lac des cygnes *interprété par le Royal Ballet de Birmingham. Quel spectacle merveilleux ! La ballerine qui tenait le rôle de la princesse Odette était d'une grâce et d'une beauté à couper le souffle. Si seulement je pouvais être à sa place, ai-je pensé pendant tout le spectacle. Mais à présent, je n'échangerais la mienne pour rien au monde, puisque je vais retourner à la Lower School du Royal Ballet. J'en ai de la chance !*

Trêve de bavardages, je ne suis pas encore habillée et maman m'a déjà appelée deux fois pour le petit déjeuner. Quand je pense que c'est à la Lower School du Royal Ballet que je prendrai mon petit déjeuner, demain... Youpi !

Emily Brown resta sur le bas-côté de la route à faire de grands signes de la main à sa mère jusqu'à ce que sa voiture ait disparu dans le bois de Richmond Park. Puis elle se tourna vers White

Lodge, la majestueuse bâtisse qui abritait la Lower School du Royal Ballet. Un frisson d'excitation la parcourut. Quelle joie d'être de retour ! Elle bouillait d'impatience de retrouver ses amies danseuses. En montant ses bagages dans le dortoir, elle s'était contentée d'un rapide salut. Maintenant que sa mère était partie, elles auraient tout le loisir de papoter pour rattraper le temps perdu.

Emily se dirigea d'un pas rapide vers l'entrée de l'école et sautilla de joie en passant les imposantes portes du bâtiment de pierre. Tant de grands danseurs étaient passés par là avant elle : Darcey Bussell, Margot Fonteyn, Antoinette Sibley… la liste des anciens élèves de l'école du Royal Ballet était des plus prestigieuses. Emily aimait penser que, dans quelques années, les élèves de l'école parleraient d'elle avec la même ferveur.

– Bonjour, madame Hall ! lança-t-elle d'une voix enjouée en apercevant la surveillante du dortoir des filles de sixième traverser le couloir. Avez-vous passé un joyeux Noël ?

Le visage de Mme Hall s'éclaira d'un large sourire.

– Excellent. Merci, Emily. Et toi ?

– C'était fabuleux, mais je suis contente d'être de retour.

– Et moi, ravie de te l'entendre dire. Je ferai un saut au dortoir un peu plus tard pour voir tout le monde. Tu me raconteras tout en détail.

– D'accord.

Emily reprit le chemin du dortoir avec entrain. Au premier semestre, les couloirs de l'école n'étaient pour elle qu'un vaste dédale où elle peinait à se retrouver. Elle pouvait à présent se rendre dans n'importe quelle salle de classe ou studio de danse, les yeux fermés. Elle se sentait désormais chez elle à White Lodge. Elle avait également fait connaissance avec tous les élèves de son niveau et avec une bonne partie des élèves des classes supérieures. Elle avait même eu la chance de danser avec certains d'entre eux sur la scène de l'Opéra royal!

Emily fit son entrée dans le dortoir sans pouvoir se défaire de son sourire béat. Qu'importe si elle avait l'air bête! Elle était bien trop contente pour s'en cacher.

– Salut, les filles! lança-t-elle à la cantonade.

Les élèves de sixième étaient toutes logées dans la même aile du bâtiment. Il s'agissait d'une longue pièce mansardée dont les hautes fenêtres cintrées, qui couraient sur toute la longueur, laissaient abondamment passer la lumière. Ainsi, même en ce jour maussade de janvier, l'ambiance y était lumineuse et agréable. Emily retrouva avec bonheur son lit, sa penderie, ses posters… et surtout ses amies !

– Emily !

– Comment se sont passées tes vacances de Noël ?

– Raconte-nous tout !

Grace, Sophie et Jade se précipitèrent à sa rencontre. Elles ne se connaissaient que depuis septembre, mais à vivre sous le même toit, danser tous les jours ensemble et partager les joies et les peines du quotidien, Emily avait l'impression de les connaître depuis des années. Étant fille unique, elle avait toujours souhaité avoir une sœur. À présent, c'était comme si elle faisait partie d'une grande famille.

– Que je suis contente de vous revoir ! s'écria-t-elle en leur sautant dans les bras. Bonne année !

Elles se mirent toutes à parler en même temps tant elles avaient de choses à se raconter. Emily était particulièrement proche de Grace qu'elle connaissait depuis les cours junior de l'école du Royal Ballet. Les deux amies s'étaient téléphoné presque tous les jours durant les vacances, mais c'était tellement mieux de se parler en vrai.

Alice, Scarlett, Megan, Holly et Rebecca, qui étaient installées à l'autre bout du dortoir, vinrent se joindre au petit groupe. Ce n'est qu'à ce moment-là qu'Emily remarqua un changement dans la pièce…

Jusqu'à maintenant, les lits étaient alignés en deux parties. Il y avait d'abord ceux de Jade, Sophie, Grace, Emily et Laura, puis ceux de Megan, Alice, Scarlett, Holly, Kate et Rebecca. Un espace vide séparait les lits de Laura et Megan. Les filles profitaient de cet espace pour faire des étirements et répéter leurs pas de danse. Il y avait à présent un lit supplémentaire.

— Y a-t-il une nouvelle élève, ce trimestre ? demanda Emily.

— On dirait bien que oui, répondit Sophie, les yeux fixés sur le lit, comme si la nouvelle élève allait se matérialiser sur-le-champ. C'est drôle de se dire que nous ne serons plus les petites nouvelles de l'école. Comparées à elle, c'est comme si nous faisions partie des meubles !

Jade sourit, le visage rayonnant.

— Je suis contente de pouvoir être considérée comme une ancienne de l'école.

Puis elle se mit à faire des bonds, assise sur son lit, avant de poursuivre :

— En revenant ici, j'ai dû me pincer pour être sûre de ne pas rêver. En même temps, c'est comme si je rentrais à la maison après un long voyage.

– J'ai eu le même sentiment que toi, dit Grace. C'est comme si on avait toujours vécu ici. Au début, j'avais peur que ce ne soit qu'un rêve et qu'au réveil, tout cela ne disparaisse. Mais en fait, mon rêve se réalise tous les jours : je vis et je danse à l'école du Royal Ballet !

Emily s'allongea sur son lit, attrapa sa cheville et tendit la jambe, l'étirant le plus possible vers sa tête.

– C'est encore mieux que ce qu'on aurait pu imaginer. J'ai vraiment hâte de reprendre les cours de danse.

Puis elle reposa sa jambe avec grâce pour rouler sur le ventre.

– Est-ce que vous vous êtes beaucoup entraînées pendant les vacances ? As-tu fait les exercices pour renforcer tes pieds, Sophie ? Et pas de cachotteries, hein !

La porte du dortoir s'ouvrit avant que son amie n'ait eu le temps de répondre, laissant passer Mme Hall et une jeune fille très élégamment vêtue qui portait une valise assortie à son sac à main.

Le silence se fit aussitôt. C'était la nouvelle élève !

Ses longs cheveux bruns ondulaient avec grâce quand elle marchait, exactement comme dans les publicités pour les shampoings, ne put s'empêcher de penser Emily. Son manteau en cuir noir, son pantalon et ses bottes à talons étaient à la dernière mode.

— Par ici, Isabelle, fit Mme Hall en la précédant dans la pièce.

Isabelle traversa le dortoir en laissant derrière elle un sillage de parfum délicat. Le visage impassible, elle n'accorda aucun regard aux filles.

— Voici ton lit, lui indiqua Mme Hall avant de se tourner vers les autres élèves. Je vous présente Isabelle Armand. Isabelle, voici Sophie, Emily, Grace et Jade.

— Bonjour, Isabelle, lancèrent-elle en chœur.

Emily lui adressa un grand sourire de bienvenue, heureuse d'accueillir une nouvelle danseuse et future amie.

— Et voici Megan, Holly, Scarlett, Alice et Rebecca, enchaîna Mme Hall. Laura et Kate ne sont pas encore arrivées. Tu feras leur connaissance plus tard. Isabelle vient de Paris. J'espère que vous lui ferez bon accueil.

Les filles opinèrent avec le sourire. Isabelle examina la pièce du regard. Elle n'avait pas l'air très heureuse d'être là. Peut-être était-elle timide, pensa Emily.

— Je vais te laisser ranger tes affaires, Isabelle, lui

dit Mme Hall en se dirigeant vers la sortie. Je reviendrai tout à l'heure pour voir si tu es bien installée.

— Bonjour, Isabelle, dit Sophie après le départ de Mme Hall. Bienvenue à l'école du Royal Ballet.

Puis elle ajouta avec son franc-parler habituel :

— J'adore ton manteau !

Isabelle hocha légèrement la tête, souleva sa valise et la posa à plat sur son lit.

— Tu veux un coup de main ? proposa aussitôt Emily.

La nouvelle venue leva sur elle ses grands yeux bruns.

— Merci, répondit-elle en faisant un pas sur le côté pour lui céder un peu de place.

Puis, elle enleva son manteau et regarda autour d'elle à la recherche d'un endroit où l'accrocher.

Le manteau sentait bon le cuir neuf et Emily se demanda si c'était un cadeau de Noël. En dessous, Isabelle portait un pull et des jeans tout droit sortis d'un magazine de mode.

— Par ici, fit Grace en lui montrant les patères disposées à l'intérieur des armoires.

D'un geste gracieux, Isabelle y pendit son manteau et toutes purent admirer ses mains parfaitement manucurées.

Grace marqua un temps d'hésitation et baissa les yeux vers ses ongles rongés avant de lui tendre la main.

– Je m'appelle Grace.

Isabelle fit un léger signe de tête en guise de remerciement. Puis elle se pencha pour défaire la fermeture éclair de ses bottes.

Grace laissa retomber sa main d'un air penaud, fit un pas en arrière et esquissa un sourire embarrassé.

– Hum… bienvenue à l'école du Royal Ballet. Je suis sûre que tu vas te plaire ici.

– Certainement, lâcha froidement Isabelle tout en continuant de se déchausser.

Il était évident qu'elle n'en pensait pas un mot. Le visage baissé, elle avait haussé un sourcil d'un air désabusé.

Emily fixa ses vieilles chaussures puis les bottes flambant neuves d'Isabelle. Tout en elle semblait parfait. Elle allait pourtant devoir porter les mêmes tenues que tout le monde dès que les cours commenceraient, se dit Emily. Les bottes à talons ne faisaient pas partie de l'uniforme de l'école !

Il y eut un silence, puis ce fut au tour de Jade de tenter sa chance auprès d'Isabelle.

– C'est génial que tu viennes de France. J'ai

visité Paris avec mes parents, l'été dernier. C'est une très belle ville.

La tête toujours baissée, Isabelle repoussa ses longs cheveux en arrière.

— Oui, très belle.

— Et tu faisais de la danse classique à Paris ? enchaîna Jade que l'attitude glacée d'Isabelle commençait à mettre mal à l'aise.

Il fallait avouer que cette dernière ne faisait rien pour détendre l'atmosphère !

Quand Isabelle daigna enfin lever les yeux vers son interlocutrice, ce fut pour lui répondre d'une voix tranchante :

— Oui, à Paris. Le seul endroit où l'on sache vraiment danser.

— Si tu le dis… balbutia Jade interloquée.

Emily arrondit les yeux, la réponse d'Isabelle lui avait coupé le souffle. Ce devait être un malentendu, Isabelle n'avait certainement pas voulu se montrer aussi méprisante. D'ailleurs, Sophie éclata de rire.

— On peut dire que tu ne mâches pas tes mots !

Elle se tourna vers ses camarades et secoua la tête comme si elle n'en revenait pas.

— Tu ne peux pas dire ce genre de chose à des élèves du Royal Ballet, quand même ! Pour ta gouverne, sache que nous savons très bien danser ici aussi.

Emily s'attendait à ce qu'Isabelle se mît à rire et convînt que c'était une plaisanterie, qu'elle avait hâte de commencer les cours dans une école aussi prestigieuse que celle du Royal Ballet.

Mais elle se trompait. Isabelle n'esquissa pas même un sourire. Elle avait l'air très sérieuse, au contraire. Sans paraître le moins du monde affectée par les regards intrigués fixés sur elle, Isabelle jeta ses bottes sous son lit d'un geste négligent.

— Je dis ce qu'il me plaît, déclara-t-elle d'un ton sans appel.

Elle lança un regard noir à Sophie et poursuivit :

— Tu sais certainement que c'est en France que la danse classique a été inventée. Il est donc normal que ce soit en France que l'on trouve les meilleurs danseurs !

2

Les paroles d'Isabelle les laissèrent toutes muettes de stupeur. Que répondre à cela ?

Semblant considérer la conversation close, Isabelle se mit à défaire sa valise.

Emily consulta Grace du regard. Elle n'en revenait toujours pas qu'Isabelle ait pu tenir de tels propos. Grace lui fit les gros yeux. Elles avaient bien entendu la même chose. Quand Emily se tourna à nouveau vers Isabelle, cette dernière rangeait ses vêtements sans plus se soucier de ce qui l'entourait.

Comment Isabelle pouvait-elle se montrer aussi sûre d'elle, insulter tout le monde et faire ensuite comme si de rien n'était ? Quel toupet ! Jamais Emily n'aurait pu se comporter de la sorte. Ses amies semblaient aussi déconcertées qu'elle. Même Sophie la pipelette en restait bouche bée, ne trouvant rien à dire face à tant d'arrogance.

La joie suscitée par l'arrivée d'une nouvelle élève avait été de courte durée. Est-ce qu'Isabelle se comportait toujours comme ça ? se demanda Emily. Si c'était le cas, elle allait avoir du mal à s'intégrer à la vie de l'école !

Personne n'osa rompre le silence pesant qui avait suivi la réplique cinglante d'Isabelle et Emily se mit à défaire sa propre valise. Ses camarades en firent chacune de même, jetant de temps à autre des coups d'œil furtifs à la nouvelle venue. Emily espérait du fond du cœur que cette dernière changerait d'attitude et qu'elle finirait par se lier d'amitié avec tout le monde. Elles partageaient le même dortoir, après tout !

Ce fut alors que la porte s'ouvrit, laissant passer Laura, suivie par Kate.

– Salut, tout le monde !

Laura habitait en Irlande et Kate était originaire de Newcastle, une ville située à l'extrême nord de l'Angleterre. Elles s'étaient arrangées pour partager un taxi depuis l'aéroport de Londres jusqu'à l'école.

Emily et ses amies se précipitèrent à leur rencontre, heureuses de penser à autre chose qu'à Isabelle. Mais la diversion ne dura qu'un temps.

– Bonjour, tu es nouvelle, ici ? demanda Kate avec intérêt. Je m'appelle Kate.

Isabelle leva les yeux vers elle.

– Et moi, Isabelle.

Kate s'apprêtait à poursuive la conversation mais elle se ravisa en voyant Isabelle retourner à ses occupations. Elle interrogea du regard ses camarades de chambrée. Les filles se contentèrent de hausser les épaules. Sophie esquissa une grimace désabusée qui fit sourire Kate.

– Enchantée de faire ta connaissance, Isabelle, reprit cette dernière avec une pointe d'ironie avant de regagner son lit, situé au fond du dortoir.

Laura avait observé la scène avec curiosité.

– Je ne savais pas qu'il y avait une nouvelle élève.

Puis elle ajouta en baissant la voix à l'attention d'Emily et Sophie :

– Alors ? Comment est-elle ? À première vue, elle n'a pas l'air commode.

– Disons qu'elle…, commença Emily avant de s'interrompre.

Elle ne connaissait pas suffisamment Isabelle pour se prononcer et elle se rappelait à quel point il était difficile de s'adapter à un nouvel environnement, et encore plus à un nouveau pays. Venant elle-même de Chicago, elle n'habitait l'Angleterre que depuis un an. Elle savait donc mieux que quiconque qu'il fallait du temps pour se faire au changement. C'était pour cette raison qu'elle avait décidé de donner à Isabelle une deuxième chance.

Sophie avait moins de scrupules.

— Oh, mademoiselle est très déçue de se retrouver à l'école du Royal Ballet alors qu'elle n'avait jusqu'à présent dansé qu'en France. La pauvre est tombée bien bas !

— Tombée bien bas ? répéta Laura sans comprendre.

Voyant le sourire narquois affiché par Sophie, Laura se demanda si elle blaguait ou si elle était sérieuse.

— Tu as bien entendu.

Emily confirma d'un hochement de tête.

Laura haussa les sourcils.

— Ça promet ! murmura-t-elle suffisamment bas pour qu'Isabelle n'entende pas. J'ai hâte de la voir danser !

— Prépare-toi à ce qu'il y ait des étincelles en cours de danse, ajouta Sophie avec malice. À ce propos, mon horoscope m'avait prévenue qu'il y aurait des tensions aujourd'hui, que je devais m'attendre à un conflit. Voilà qui est fait !

Laura pouffa de rire.

— C'est à mon tour de faire connaissance avec elle. Vous êtes prêtes pour le spectacle ?

Elle se dirigea d'un pas décidé vers son lit qui se trouvait être juste à côté de celui d'Isabelle.

— Bonjour, dit-elle en s'asseyant. Je m'appelle Laura. Tu dois être Isabelle.

Isabelle était en train de ranger ses sous-vêtements dans un tiroir. Même ses petites culottes avait l'air raffiné, put constater Emily.

— Oui, lui répondit Isabelle en lui jetant un regard froid à travers ses longs cils noirs.

— Nous allons être voisines, poursuivit Laura. Voici mon royaume, ajouta-t-elle en tapotant affectueusement son matelas.

Puis elle se pencha vers Isabelle d'un air entendu.

— On dirait que tu aimes mettre de l'ambiance. Personne ne t'a dit que c'était un rôle qui m'était réservé ?

Laura plaisantait, bien sûr, mais Isabelle ne semblait pas goûter la plaisanterie.

— Je ne suis pas là pour mettre de l'ambiance, répliqua-t-elle d'une voix cassante.

Elle repoussa encore une fois ses longs cheveux en arrière et fixa Laura droit dans les yeux.

— Pour tout te dire, si j'avais le choix, je serais à Paris et certainement pas… (Elle montra la pièce avec un geste plein de mépris) Pas ici.

Le sourire amical de Laura se figea aussitôt. Ses yeux lancèrent des éclairs. Pour s'être frottée au tempérament explosif de Laura au début de l'année scolaire, Emily savait que c'était mauvais signe. Heureusement, elles avaient fini par devenir de très bonnes amies.

– Eh bien, peut-être devrais-tu retourner à Paris, dans ce cas. Il y a des tas de filles qui rêvent d'intégrer l'école du Royal Ballet. Certaines donneraient tout pour être à ta place !

Isabelle haussa les épaules avec dédain.

– C'est dommage pour elles, reprit-elle sans quitter Laura des yeux. Je trouve, moi, que les meilleures écoles de danse sont à Paris.

La rousse et pétillante Laura était connue pour avoir la repartie facile et Emily était impatiente de voir ce qu'elle avait à répondre à cela. Malheureusement, Mme Hall fit irruption dans la pièce au même moment.

– Je vois que tout le monde est arrivé, déclarat-elle avec un large sourire. Je suis contente de vous retrouver ici. Je venais voir si vous n'aviez besoin de rien avant d'aller dîner.

Emily jeta un coup d'œil à l'horloge au-dessus de la porte du dortoir et vit avec surprise que l'après-midi tirait déjà à sa fin. Le temps passait si vite à l'école ! À peine était-elle arrivée qu'il était déjà l'heure de dîner.

– Tu dois te sentir un peu dépaysée, fit Mme Hall en s'adressant à Isabelle. Je suis sûre que tes camarades feront de leur mieux pour que tu te sentes chez toi, ici.

Isabelle hocha la tête en silence.

– Ce n'est pas faute d'essayer, marmonna Sophie. Mais rien n'est assez bien pour Mademoiselle Armand.

Mme Hall avait l'ouïe fine et elle tourna aussitôt la tête vers Sophie, qui s'empressa d'afficher un sourire innocent. La surveillante n'était pas dupe, mais elle préféra ignorer la remarque de Sophie.

– Quoi qu'il en soit, j'espère que vous avez toutes passé d'excellentes vacances et que vous en avez profité pour vous reposer afin de commencer le semestre en forme. Je serai dans la salle des professeurs, si vous avez besoin de moi. Je compte sur vous, les filles, pour montrer à Isabelle comment se rendre au réfectoire. D'accord ?

Il y eut un silence gêné.

– Oui, bien sûr Mme Hall, finit par dire Emily.

Mme Hall partie, Laura entraîna Emily vers le couloir.

– Allons manger. Tu me raconteras en détail tes

vacances. J'ai reçu ton texto qui disait que tu étais allée voir *Le Lac des cygnes*. Alors, comment c'était ? Je suis sûre que ce devait être génial, non ?

— Oh oui, c'était fabuleux.

Mais Emily n'avait pas oublié sa promesse à Mme Hall.

— Tu es prête, Isabelle ? On va dîner.

Isabelle leva lentement les yeux sur elle.

— Je n'ai pas faim. Et de toute façon je préfère me changer avant d'aller manger.

Elle passa en revue la tenue de Laura et d'Emily et ajouta d'un air dédaigneux :

— Je ne vais quand même pas garder les vêtements avec lesquels j'ai voyagé.

Emily se mordit la lèvre, ne sachant pas comment prendre cette dernière remarque. Est-ce qu'Isabelle laissait sous-entendre que Laura et elle-même étaient mal habillées ?

— Dans ce cas, mets une robe de soirée et rejoins-nous quand tu seras prête, répliqua aussitôt Laura, les poings sur les hanches. Viens, Emily, on s'en va.

Ayant promis à Mme Hall de montrer à Isabelle le chemin du réfectoire, Emily avait des scrupules à la laisser toute seule.

— Tu es sûre ? insista-t-elle tandis que Laura, Sophie et les autres s'éloignaient déjà dans le couloir.

Isabelle ne daigna même pas lever les yeux sur elle.

– Puisque je te le dis, soupira-t-elle, agacée.

– D'accord, fit Emily qui n'arrivait pas à se faire à l'idée de la laisser seule dès le premier jour de son arrivée à l'école. Nous n'en avons pas pour longtemps. Si tu veux, je te montrerai plus tard comment aller au réfectoire.

Isabelle ne se donna pas la peine de lui répondre.

– Allez, viens, Emily, s'impatienta Sophie. On meurt de faim !

– J'arrive !

Malgré toute sa bonne volonté, Emily n'avait pas réussi à briser la glace. Elle finit donc par rejoindre ses amies. Ce n'était quand même pas sa faute si Isabelle s'entêtait à vouloir rester à l'écart !

L'atmosphère se détendit aussitôt le pas de la porte franchi. Elles avaient tant de choses à se raconter qu'Isabelle leur sortit très rapidement de la tête. Les bavardages reprirent avec entrain. Pour se rendre au réfectoire, il suffisait de traverser le boudoir, la petite pièce qui reliait le dortoir des filles au reste de l'école, puis de descendre le grand escalier de pierre.

Quelle joie pour elles de déambuler à nouveau dans les couloirs de l'école !

Le lendemain matin, Emily ouvrit les yeux quelques minutes avant le salut quotidien de Mme Hall. « Bonjour, les filles ! Tout le monde debout ! » aimait-elle lancer pour commencer la journée.

Emily resta un moment allongée dans son lit, le sourire aux lèvres, savourant le plaisir de se réveiller de nouveau à White Lodge. Puis, elle se leva et enfila sa robe de chambre. Elle qui détestait se lever tôt le matin pour aller à l'école se réveillait comme un charme depuis qu'elle avait intégré l'école du Royal Ballet. Commencer les journées de classe par les cours de danse avait de quoi la motiver ! Elle avait hâte d'enfiler ses chaussons et de retrouver les studios de danse.

– Emily Brown, qu'est-ce que c'est que ce sourire béat ? lui demanda Sophie encore à moitié endormie.

Sophie bâilla à s'en décrocher la mâchoire et s'étira longuement.

– Il est beaucoup trop tôt pour être de bonne humeur, marmonna-t-elle. Fais-moi le plaisir de faire disparaître ce sourire tout de suite !

Emily pouffa de rire. Il fallait au moins une demi-heure à Sophie pour être opérationnelle le matin.

– C'est parce que je suis contente de me réveiller

à côté de toi, Sophie. Tu es notre petit rayon de soleil à tous. C'est plus fort que moi !

Sophie se plaqua l'oreiller contre le visage.

— Oui, je suis un rayon de soleil… Je suis un rayon de soleil… Je suis un rayon de soleil, scanda-t-elle pour se convaincre.

Cela fit rire tout le monde.

— C'est sans espoir… Je ne serai jamais du matin ! se lamenta-t-elle.

Emily, Jade, Laura et Grace échangèrent un regard complice avant de se diriger sur la pointe des pieds vers le lit de Sophie. Sur un signe de tête de Laura, elles tirèrent sa couette d'un coup sec.

— Mais si, tu es un rayon de soleil ! s'écrièrent-elles en se moquant des cris indignés de leur amie.

— Tu vas finir par être en retard si tu ne te dépêches pas, lui rappela Laura. Ton horoscope ne t'aurait pas prédit que tu louperais le petit déjeuner et que tu serais affamée toute la matinée, par hasard ?

Au mot « petit déjeuner », Sophie se tut et s'assit sur son lit d'un bond.

— Une table bien garnie, voilà une bonne raison de se lever, dit-elle, le visage radieux. C'est le meilleur repas de la journée !

Emily était bien d'accord. La cantine proposait un petit déjeuner anglais complet, composé d'œufs brouillés, de bacon, de saucisses, de champignons, de haricots blancs, de tomates rôties, de tartines grillées, de céréales, de gâteaux et de croissants. À mesure que l'hiver avançait, Emily appréciait plus particulièrement le porridge de l'école qui était vraiment délicieux. C'était d'ailleurs une excellente façon de préparer son corps à affronter une matinée de danse par un froid matin de janvier.

Les filles enfilèrent toutes le pull rouge aux couleurs de l'école par-dessus leur justaucorps rose, sauf Isabelle, qui avait opté pour un pantalon et une veste en laine polaire bleue.

– Je n'aime pas le rouge, expliqua-t-elle en croisant le regard étonné d'Emily.

– Oui, mais tout le monde doit…

Emily ne finit pas sa phrase. Tout le monde devait mettre la même tenue parce que c'était une façon de marquer son appartenance à l'école, était-elle sur le point d'expliquer, mais elle ne voulait pas prendre le risque de se disputer avec Isabelle d'aussi bon matin. Après tout, ce n'était pas son rôle de lui notifier le règlement. Mme Hall n'aurait qu'à le faire ! Emily se contenta de rejoindre ses camarades pour prendre le petit déjeuner.

Les garçons de sixième avaient hâte de découvrir qui était la nouvelle élève. Quand Isabelle fit son entrée dans le réfectoire, ceux qui étaient devant le comptoir de céréales se turent d'un coup. Ils ne la quittèrent pas des yeux et se retournèrent à son passage. Emily entendit même un sifflement admiratif.

— Pas mal, fit Oliver Stafford avec un sourire en coin. On dirait que le semestre commence bien !

Emily leva les yeux au ciel d'un air navré. «Attendez de lui parler, et vous verrez à qui vous avez affaire, pensa-t-elle. Isabelle Armand n'a pas fini de vous étonner !»

Après le petit déjeuner, les filles se rendirent directement en cours de danse classique.

Leur professeur, Mlle Wells, les attendait dans le studio de danse. Ses grands yeux noirs pétillèrent de joie à leur arrivée.

— Je suis contente de vous revoir. Bonne année à toutes. J'espère que vous vous êtes entraînées avec assiduité pendant les vacances.

— Comme si ma vie en dépendait, déclara Sophie avec un large sourire.

Mlle Wells rit de bon cœur.

— Si tu le dis, je te crois ! Quant à Jade, Emily, Laura, Megan et Kate, j'ai entendu dire que vous avez excellé dans *Casse-Noisette*, avant les vacances de Noël. Je suis fière de vous, les filles. Bravo.

Emily et ses amies accueillirent ces compliments

avec une joie non dissimulée. Mlle Wells n'était pas du genre à féliciter ses élèves si elle ne le pensait pas vraiment. Un seul compliment de sa part valait des tonnes de louanges!

— Bienvenue, Isabelle, déclara Mlle Wells en se tournant vers la nouvelle venue. Je me souviens de ton audition, l'année dernière. Je suis contente de t'accueillir parmi nous.

Isabelle, qui était adossée à une barre au fond de la salle, s'avança, fit une révérence, mais ne prononça pas un seul mot.

— Est-ce qu'on t'a remis ton uniforme? Le règlement stipule que toutes les élèves doivent porter le jogging rouge de l'école.

Isabelle ouvrit la bouche pour dire quelque chose, mais elle se ravisa.

«La voilà bien obligée de porter les mêmes vêtements que tout le monde, maintenant, ne put s'empêcher de penser Emily. Finies les vestes bleues!»

— J'ai entendu dire que tu venais de Paris, poursuivit Mlle Wells. Peut-être pourrais-tu nous parler de la formation de danse que tu y as reçue jusqu'à présent.

Ne s'attendant pas à cette requête, Isabelle resta interdite un instant, mais elle se ressaisit très vite.

— J'ai commencé la danse classique à trois ans.

Mon professeur de l'époque disait que j'étais très douée et que j'irais loin.

Emily faillit s'étrangler. Isabelle ne se prenait décidément pas pour n'importe qui !

– L'année dernière, j'ai remporté le Grand Prix national de danse classique dans la catégorie des jeunes espoirs. Et j'ai été sélectionnée par l'école de l'Opéra de Paris. Mon plus grand rêve serait d'intégrer le corps de ballet de l'Opéra de Paris, poursuivit-elle. On y trouve, selon moi, les meilleurs danseurs du monde. Malheureusement...

Elle haussa les épaules.

– Je suis obligée de vivre en Angleterre, à cause...

Elle dessina un cercle sur le sol avec la pointe de son pied, releva la tête, le regard dur et plein de fierté.

– C'est comme ça. Me voilà ici, maintenant.

– Enchantée de t'avoir parmi nous, railla Sophie à l'oreille d'Emily.

Emily était bien d'accord avec Sophie. À en croire Isabelle, l'école du Royal Ballet n'offrait qu'une formation de second choix.

Remarquant les regards choqués des élèves, Mlle Wells préféra prendre les réflexions d'Isabelle à la légère :

– Sait-on jamais, peut-être qu'après quelque

temps passé ici, tu changeras d'avis et que ton plus grand rêve sera d'intégrer la troupe du Royal Ballet !

Isabelle fit une grimace explicite. Le Royal Ballet ? Pouah ! Qu'était le Royal Ballet comparé à l'Opéra de Paris ? semblait dire son sourire méprisant.

Comme d'habitude, le cours commença par des échauffements et des exercices à la barre. Emily se concentrait sur chaque mouvement, retrouvant le plaisir familier de s'étirer au-dessus de la barre, mais elle ne put s'empêcher de jeter des coups d'œil furtifs vers Isabelle. Elle constata rapidement qu'elle n'était pas la seule à épier la Française. Toute la classe avait les yeux fixés sur elle, suivant ses pliés, ses relevés et ses étirements avec attention. Après ses fanfaronnades, aucun faux pas ne lui serait accordé.

Emily dut admettre qu'Isabelle ne s'était pas vantée pour rien. Même une novice aurait pu constater qu'elle possédait une grâce innée et une technique parfaite. Isabelle Armand était sans conteste une danseuse douée, voire exceptionnelle. Ses gestes étaient fluides et s'enchaînaient merveilleusement. À en juger d'après les regards admiratifs, Emily n'était pas la seule à s'en être aperçue.

— Elle est vraiment douée, reconnut Grace à

contrecœur tandis que tout le monde se tournait face à la barre pour une série de petits battements. C'est injuste !

Emily serra la main de son amie pour la réconforter. Grace manquait cruellement de confiance en elle, bien qu'elle fût l'une des meilleures élèves de sixième. Emily savait qu'elle craignait de voir sa position de première de la classe sérieusement menacée par le talent d'Isabelle. Contrairement à la Française, Grace était de nature modeste mais cela ne l'empêchait pas de vouloir être la meilleure.

— Attendons de voir comment elle se défend à la barre au sol. Je suis certaine qu'elle ne t'arrive pas à la cheville, lui murmura Emily.

Grace poussa un profond soupir en levant sa jambe au-dessus de la barre. L'effort lui rosissait les joues et quelques mèches de ses longs cheveux blonds s'étaient échappées de son chignon.

— J'espère que tu as raison, répondit-elle dans un souffle.

— … et battements tendus devant, dit Mlle Wells. C'est le talon qui donne la direction. C'est bien, Megan. Garde bien ton dos en place, le bras gauche sur le côté.

Emily maintint son corps dans cette position désormais familière en essayant de garder sa jambe et ses pointes de pied aussi tendues que possible à chaque dégagement.

— Ne casse pas ton poignet, Isabelle, fit remarquer Mlle Wells.

Emily constata en effet que la main d'Isabelle retombait mollement au bout de son bras tendu.

— À l'école du Royal Ballet, on tient à la pureté des lignes, lui expliqua Mlle Wells. La main doit être dans le prolongement du bras, les doigts légèrement réunis, sinon, la main « pend » et brise la ligne du bras.

Elle joignit le geste à la parole et tendit délicatement un bras en couronne.

— Comme cela. Tu vois, la main et le bras ne forment qu'une seule ligne. Il faut un poignet et une main soutenus jusqu'au bout des doigts.

Isabelle fixa la main de Mlle Wells d'un œil critique.

— Nous n'accordons pas autant d'importance à ce genre de détail en France, dit-elle froidement et sans trouver bon de corriger la position de sa main.

Toutes les élèves s'immobilisèrent. Il n'était plus question de battements. Personne n'avait jamais osé parler à Mlle Wells sur ce ton et toutes voulaient savoir ce qui allait se passer.

Mlle Wells sourit, les yeux pétillants.

– J'en prends bonne note, Isabelle. Mais nous ne sommes pas en France, n'est-ce pas ? Nous sommes à l'école du Royal Ballet, en Angleterre. Et l'école du Royal Ballet tient particulièrement à la pureté des lignes.

Isabelle semblait fulminer intérieurement. Elle réussit toutefois à esquisser un sourire tendu.

– Mais je suis française, madame.

Mlle Wells croisa les bras sur la poitrine. Sans quitter Isabelle des yeux, elle lui répliqua avec calme :

– Nous avons un dicton en Angleterre, Isabelle. « À Rome, il faut vivre comme les Romains. » De la même façon, à l'école du Royal Ballet, il faut danser à la manière des danseurs du Royal Ballet.

Emily n'avait jamais vu Mlle Wells parler aussi sèchement. Elle en eut des frissons, mais se réjouissait de voir Isabelle se faire remettre à sa place.

Isabelle acquiesça d'un signe de tête puis, d'un geste volontairement appuyé, corrigea la position de sa main, réunissant ses doigts et plaçant son poignet dans le prolongement de son bras, avant de reprendre les battements.

Tout le monde poussa un soupir de soulagement et la classe reprit son cours.

Après cet incident, Mlle Wells surveilla Isabelle

d'un œil particulièrement attentif. Quelques instants plus tard, alors que tout le monde avait les bras en couronne au-dessus de la tête, en cinquième, Mlle Wells intervint à nouveau :

– De la grâce dans les doigts, je te prie.

Emily jeta un coup d'œil vers les doigts d'Isabelle qui pointaient vers le plafond et qui étaient trop écartés. Toutes les autres élèves avaient les doigts délicatement réunis pour former une couronne au-dessus de leur tête.

Isabelle serra les dents tandis que Mlle Wells lui montrait une deuxième fois comment tenir la position à la façon du Royal Ballet.

Emily s'attendait à ce qu'Isabelle se rebiffe, mais cette dernière accusa le coup sans rechigner, se contentant de suivre les consignes du professeur. Les lèvres pincées, elle n'était visiblement pas habituée à se faire corriger en cours de danse.

Le reste de la journée fila à une allure étourdissante. Emily adorait les lundis. Après le cours de danse classique, il y avait le cours de maths avec M. Top qui était toujours de bonne humeur, puis le déjeuner, suivi du cours de géographie, de l'atelier théâtre et du cours d'anglais. Les élèves avaient alors une courte pause pour goûter avant d'enchaîner avec le cours de danse de caractère. Ils se rendaient ensuite directement au réfectoire pour le dîner, après quoi ils avaient quartier libre. Le cours préféré d'Emily était celui de la très jolie Mlle Swaisland, leur professeur d'anglais. Avec elle, tous les romans du programme de littérature devenaient passionnants.

Comme en cours de danse, Isabelle se montra extrêmement sûre d'elle dans les autres matières. Malgré cela, Emily ne pouvait s'empêcher de l'admirer et d'espérer qu'elle finirait par s'adoucir. Ce n'était pas facile d'intégrer une école en cours d'année, et ça devait l'être encore moins quand les matières étaient enseignées dans une autre langue que sa langue maternelle ! N'importe qui aurait trouvé ça difficile !

Emily, qui venait de Chicago, avait elle-même eu des difficultés à passer de l'anglais américain à l'anglais britannique. Ainsi avait-elle appris à ses dépens que *pants* en Angleterre veut dire « sous-vêtements » alors qu'aux États-Unis, cela veut dire « pantalon ». De telles nuances avaient donné lieu à quelques quiproquos embarrassants, mais au moins c'était la même langue !

Étant française, Isabelle devait maîtriser deux langues totalement différentes. Elle ne semblait pourtant avoir aucun problème à suivre les cours.

Quand M. Top posait des questions en maths, Isabelle était la première à lever le doigt avec la bonne réponse. Même lorsque Mlle Swaisland leur avait demandé de lire du Shakespeare à voix haute, un exercice sur lequel butaient les élèves en général, Isabelle s'en était sortie à merveille, récitant chaque vers avec une facilité déconcertante.

— Un vrai robot, grommela Sophie en sortant du cours d'anglais.

La journée avait été chargée et les élèves se dépêchèrent de se rendre au réfectoire pour le goûter.

— Elle est douée en tout! poursuivit Sophie. Ça me rend malade… À croire que cette fille n'a aucun point faible. C'est pas humain! Elle me…

— Chut! la coupa Emily en apercevant Isabelle à quelques pas derrière elles.

— Enfin, tu vois ce que je veux dire, soupira Sophie en fourrageant dans sa réserve de friandises.

Elle en tira une barre de céréales dont elle arracha l'emballage avec les dents, puis reprit à voix basse, les yeux fixés sur Isabelle:

— Cela ne me dérangerait pas si elle n'était pas aussi insupportable.

Isabelle se posta devant le distributeur de thé et de chocolat chaud. Elle passa en revue la liste des boissons et fronça les sourcils.

– Comment se fait-il qu'il n'y ait pas de café ? se plaignit-elle à l'une des dames de service.

– Désolée, mon petit, mais on ne sert pas de café, ici. Ce n'est pas bon pour la santé. Rien de tel que de l'eau et des jus de fruits frais pour garder la forme !

Isabelle dut se contenter de thé. Elle s'assit seule à une table et fixa son gobelet d'un air exaspéré.

– Elle ne fait rien pour rendre les choses plus agréables, remarqua Jade en secouant la tête.

– Et ce n'est pas en s'installant à cette table que les choses vont s'arranger, fit remarquer Grace. C'est là qu'Oliver Stafford et ses copains ont l'habitude de s'asseoir.

Belle rencontre en perspective ! pensa Emily avec un sourire triomphant. Oliver Stafford était un garçon arrogant qui se croyait tout permis. Des filles de cinquième avaient un faible pour lui et Emily devait reconnaître qu'il était plutôt mignon, mais il le savait et cela gâchait tout.

Isabelle but une gorgée de thé et fit une grimace de dégoût.

– Laissez-moi deviner : « Le thé anglais est exécrable », déclama Laura en imitant le ton hautain d'Isabelle. « En France, nous buvons du café et rien d'autre ! »

Grace donna un coup de coude à Emily en voyant Oliver Stafford quitter son groupe de copains pour se diriger vers Isabelle. Il s'installa face à elle, le sourire aux lèvres.

— Attention, le spectacle va commencer, murmura Grace.

— Isabelle… c'est bien ça ? demanda Oliver en lui tendant la main. Je suis Oliver Stafford.

Isabelle dévisagea Oliver puis jeta un coup d'œil dédaigneux à sa main tendue.

— J'ai entendu dire que tu étais française.

Il repoussa une mèche de ses cheveux bruns et enchaîna d'un air engageant :

— Je suis allé skier avec mes parents dans les Alpes françaises, la semaine dernière. C'est sympa comme région.

— Oui, acquiesça Isabelle froidement.

Elle regardait par-dessus son épaule, comme s'il n'était pas là. Oliver fronça les sourcils. Il n'avait pas l'habitude d'être ignoré. Emily ne put s'empêcher de sourire de sa déconvenue.

— Euh… Bienvenue à l'école du Royal Ballet ! déclara-t-il en ouvrant solennellement les bras comme s'il était le propriétaire des lieux. Hum… J'espère qu'on aura l'occasion de mieux se connaître, Isabelle.

Isabelle leva un sourcil dubitatif sans se donner la peine de lui répondre.

Oliver finit par comprendre le message : il ne l'intéressait pas. Il n'insista donc pas et rejoignit ses copains.

Emily jubilait, d'autant plus que les copains d'Oliver s'empressèrent de se moquer de sa mésaventure.

– Isabelle a snobé Monsieur-je-me-trouve-irrésistible-Stafford, railla-t-elle. Voilà enfin un bon point pour elle !

Laura consulta sa montre et finit d'un seul trait sa tasse de thé.

– C'est l'heure du cours de danse de caractère, prévint-elle ses amies.

Puis, elle ajouta tout bas :

– Je parie que Mlle Armand est aussi très douée en danse de caractère. Qu'en pensez-vous ?

Sophie poussa un profond soupir avant d'avaler la dernière bouchée de sa barre de céréales.

– Je n'en doute même pas. Regardons les choses en face : cette fille sait tout faire mieux que tout le monde. Il n'y a aucune raison qu'elle ne soit pas brillante en danse de caractère. Nous n'avons plus qu'à croiser les doigts pour qu'elle soit obligée de danser avec Justin-les-mains-moites.

— Ou avec Nick, renchérit Jade. Il doit à peine lui arriver au menton. Imaginez un peu sa tête !

Emily pouffa de rire.

— Ça m'étonnerait, en tout cas, qu'Oliver lui demande d'être sa partenaire. Pas après ce qui vient de se passer !

Cher Journal,

J'écris dans la salle commune, confortablement installée dans le canapé. Les autres sont en train de regarder une comédie à la télévision. Sophie réclame du pop-corn à cor et à cri. Bien entendu, Mlle Isabelle Armand n'a pas daigné se joindre à nous.

Je ne voudrais pas paraître méchante – je suis bien placée pour savoir que c'est difficile d'être nouvelle quelque part – mais Isabelle ne fait rien pour qu'on l'accepte. Vu son fichu caractère, je me demande si elle a déjà eu des amis dans sa vie. Elle s'est montrée désagréable avec tout le monde, aujourd'hui, même avec Mlle Wells ! Je n'en reviens pas qu'on puisse s'adresser à un professeur de cette façon. Je ne connais personne qui oserait le faire. Au moins avec elle, on ne risque pas de s'ennuyer. Comme dirait Laura : « Ça promet ! »

Je ne comprends pas pourquoi elle est aussi froide et cassante. Comment veut-elle qu'on devienne amies ?

3

– J'ai hâte de voir quelles surprises nous réserve Isabelle, murmura Laura en entrant dans le studio de danse classique, le lendemain matin. Elle va certainement s'en prendre à la pianiste, aujour-d'hui. « En France, nous ne jouons pas au piano de cette manière. Les meilleurs pianistes sont français. »

Sophie se frottait les mains en jubilant.

– Allez, ne te gêne pas, Isabelle. Et que le spectacle commence !

Emily sourit et enfila ses chaussons. Toutes les élèves adoraient les cours de danse, mais c'était la première fois qu'elles étaient aussi impatientes d'aller en cours. L'atmosphère était survoltée.

Cette fois, Isabelle portait la tenue réglementaire, remarqua Emily. Il y avait du progrès !

Mlle Wells frappa dans ses mains pour demander le silence.

– Bonjour, tout le monde, dit-elle d'une voix sèche. Commençons l'échauffement avec les pliés.

Quand Mlle Wells parlait sur ce ton, mieux valait donner le meilleur de soi. Emily et ses camarades savaient à quoi s'en tenir.

Après les pliés suivirent les étirements, les exercices à la barre et le travail au centre. Emily ne put s'empêcher de surveiller Isabelle du coin de l'œil. Elle s'aperçut très vite qu'elle n'était pas la seule à le faire. Toutes les élèves étaient curieuses de voir si la Française allait à nouveau tenir tête à Mlle Wells. Mais Isabelle ne semblait pas vouloir se faire remarquer, ce jour-là. Elle s'appliquait en effet à danser selon les critères de l'école du Royal Ballet, comme tout le monde. À croire qu'elle avait toujours dansé de cette façon, pensa Emily en la voyant évoluer avec grâce.

– Qui peut nous rappeler les trois étapes essentielles d'un saut? demanda Mlle Wells un peu plus tard.

Quelques élèves levèrent la main, dont Isabelle.

– Oui, Isabelle?

– L'appel au sol, la suspension en l'air et la réception, dit-elle d'une seule traite.

– Excellent, la félicita Mlle Wells qui appréciait les réponses claires et précises. Passons maintenant à la pratique. N'oubliez pas de contrôler vos mouvements à chaque étape.

Mlle Wells les fit travailler les temps levés qui consistaient à faire un saut sur une jambe.

– La pointe de pied en dessous, leur expliquat-elle, en cinquième position, les épaules légèrement tournées. Les bras tendus. La position de la tête et des bras doit être précise. Et maintenant, sautez ! Réception, et saut de chat, saut de chat !

Elle demanda ensuite aux élèves de se mettre dans un coin de la salle pour exécuter une série de sauts sur la diagonale de la pièce.

– N'oubliez pas de sauter rapidement en l'air, les filles. Le saut doit se faire très rapidement.

Laura passa la première. Emily regarda son amie exécuter ses temps levés avec agilité.

– Bien, Laura. Bravo.

Rougissante de plaisir, Laura accueillit les compliments de Mlle Wells avec joie avant de s'appuyer sur la barre au fond de la salle pour reprendre son souffle.

Emily leva les pouces en signe de félicitations. Laura était particulièrement douée pour les sauts. Elle était de loin la meilleure de la classe.

– À toi, Isabelle.

Tous les regards se fixèrent sur Isabelle tandis

qu'elle se mettait en cinquième position. Saurait-elle se mesurer à Laura ?

– Et c'est parti !

Le silence se fit dans le studio. On n'entendit que le crissement des pas d'Isabelle sur le parquet. Quelle grâce et quelle légèreté !

Emily scrutait ses sauts d'un œil critique mais ne put trouver le moindre défaut dans leur exécution. Isabelle avait un port de bras parfait. Ses sauts étaient hauts et ses sauts de chat nets et précis. Quant à ses réceptions, elles étaient impeccables. Emily en resta bouche bée. En voyant Isabelle, elle comprenait ce que voulait dire Mlle Wells quand elle parlait de contrôle et de maintien. Isabelle semblait se figer en l'air, comme si elle était suspendue au plafond, défiant toutes les lois de la gravité. Comment faisait-elle ?

Les traits fiers de son visage s'adoucirent légèrement quand Mlle Wells la félicita. Tout entière concentrée sur ses mouvements, elle en avait oublié d'être désagréable, songea Emily.

– J'ai bien peur, Isabelle, que tu ne sois obligée de retourner en France, grommela Sophie qui attendait son tour dans la queue. Tu es beaucoup trop douée à mon goût.

Emily et Jade gloussèrent, mais cela ne fit pas

rire tout le monde. Grace en effet semblait soucieuse. Le visage pâle, elle se mordait la lèvre inférieure. Kate paraissait également tendue après le passage remarqué d'Isabelle.

Ce fut ensuite au tour de Holly, puis de Jade. Quand vint celui de Grace, la pauvre était tellement troublée qu'elle se trompa de pied d'appel.

– L'autre pied, lui rappela Mlle Wells. Tu es avec nous, Grace ?

Grace rougit.

– Oui, mademoiselle Wells. Excusez-moi.

Tout le monde s'accordait à dire que Grace était une bonne danseuse, mais le temps levé lui donna du fil à retordre. Emily savait qu'en danse il fallait parfois ne pas trop réfléchir et laisser faire son corps, même si l'on n'était pas très sûre de son mouvement. Comme elle avait déjà eu l'occasion de le constater, le stress rendait souvent les choses plus difficiles. Et Grace était en train de le démontrer. À trop se concentrer sur l'aspect technique du saut, elle en oubliait le plaisir de danser, et cela se voyait. Ses mouvements étaient brusques et saccadés.

Emily croisa les doigts pour que son amie se détende un peu, mais Grace semblait de plus en plus nerveuse.

— Ne te crispe pas, Grace, lui conseilla Mlle Wells. Un peu plus de légèreté quand tu sautes. Tu dois te sentir transportée dans les airs. Et souris un peu.

Grace ne parvint pas à se ressaisir. Après une réception approximative pour clore sa série de sauts de chat, elle rejoignit les autres élèves, soulagée d'en avoir fini. Ce fut ensuite au tour d'Emily. Elle prit une profonde inspiration et se mit en position en essayant de ne pas se focaliser sur le côté technique de l'exercice. Une sensation d'ivresse la submergea au moment où elle s'élança dans les airs. Un sourire illumina son visage. C'était comme voler… Elle se sentait si légère !

— Bien, Emily. J'aimerais toutefois que tu te tiennes un peu plus droite en l'air. Hormis ce petit détail, c'était très bien. C'est agréable de voir une danseuse sourire.

Emily sentit ses joues rosir de bonheur. Elle lissa son justaucorps et rejoignit les autres élèves au fond de la salle. Qu'importait qu'Isabelle fût aussi talentueuse ! Cela n'allait pas l'empêcher de s'amuser pendant les cours de danse. S'élancer dans les airs était ce qu'il y avait de plus agréable au monde, personne, mais alors, personne ne pouvait lui retirer ce plaisir.

Comme après tous les cours de danse classique, les filles se dépêchèrent d'aller se doucher et de se changer avant d'enchaîner avec le cours suivant. Elles n'avaient que quinze minutes pour se laver et enfiler leur uniforme : une chemise blanche et une jupe bleue ou verte. Au début de l'année scolaire, Emily avait du mal à passer d'un cours de danse intensif à un cours où il fallait rester assise derrière un pupitre. À présent, elle n'éprouvait aucun mal à chasser la danse de son esprit quand il le fallait.

Ce matin-là, Grace n'y parvint pas. Tandis qu'elles longeaient le tunnel de brique qui les conduisait à l'école, Emily entendit Grace ressasser les consignes de Mlle Wells :

– Un pas et sauter ! Les bras bien tendus… Saut de chat, saut de chat.

– Arrête, Grace. Ça ne sert à rien d'y penser, maintenant. Tu feras mieux, demain. Laisse passer un peu de temps. Je suis sûre qu'au prochain cours tu le feras sans même y penser.

– Je déteste ne pas réussir un pas du premier coup.

Grace ronchonnait encore quand elles traversèrent la cour pour se rendre dans la salle d'informatique. Il tombait une fine bruine. Elles se servirent de leurs classeurs pour se couvrir la tête tout en faisant attention à ne pas glisser sur les pavés mouillés.

— Je me connais, je ne vais pas pouvoir m'empêcher d'y penser toute la journée, fit Grace en poussant la porte de la salle de classe.

— Je sais ce que tu veux dire, mais cela ne va pas plaire à Mme Sanderson si tu continues de ruminer comme ça et de battre la mesure avec tes pieds.

Grace esquissa un sourire et toutes deux s'installèrent côte à côte.

Puis le visage de Grace s'égaya enfin.

— À ton avis, qu'est-ce qu'il se passerait si je me mettais soudain à sauter sur la table pour travailler mes temps levés ?

Emily leva les yeux sur Mme Sanderson qui cochait les noms des élèves sur la liste de présence à mesure qu'ils entraient dans la classe. Puis elle se pencha vers Grace et lui murmura en imitant la voix haut perchée de leur professeur :

— Bravo, Grace Tennant, vos temps levés sont super !

Mme Sanderson trouvait en effet toujours tout super.

— Bonjour, tout le monde, lança-t-elle au même moment. J'espère que vous avez passé de super vacances de Noël !

Emily donna un coup de coude à Grace et toutes deux pouffèrent de rire.

– Emily Brown, Grace Tennant, peut-on savoir ce qui vous amuse autant ?

Se faire remarquer n'était pas la meilleure façon de commencer un cours, mais Grace avait enfin retrouvé le sourire et c'était ce qui comptait le plus pour Emily.

Très vite les élèves de la classe purent constater qu'Isabelle était aussi douée et aussi arrogante devant un ordinateur que sur des pointes. Elle ne cessa de ponctuer le cours de soupirs d'exaspération, répétant à qui voulait l'entendre que le parc informatique de son ancienne école était de loin plus perfectionné. Après la pause du déjeuner, elle se montra également excellente en chimie et put étaler ses nombreuses connaissances en histoire, bien qu'elle fût déçue d'apprendre que l'histoire de France n'était pas au programme.

– Y a-t-il quelque chose que cette fille ne sache pas faire ? se plaignit Sophie alors qu'elles se rendaient en cours de musique. Ça commence sérieusement à m'agacer. Encore si elle était sympa, mais ce n'est pas le cas. Je déteste sa façon de nous prendre de haut. À croire que nous ne sommes pas assez bien pour elle. Tu sais, je me demande si elle n'est pas Lion, comme moi, tellement elle aime être le centre du monde.

Elle poussa un profond soupir et secoua la tête.

— Non, ce n'est pas possible. Les Lion sont sociables.

— J'espère qu'à force de pérorer, elle n'aura plus de voix pour chanter, dit Laura en croisant les doigts. Et puis, elle n'a peut-être pas l'oreille musicale, qui sait ?

Emily poussa la porte de la salle de musique.

— Quel mal y a-t-il à ne pas avoir l'oreille musicale, Laura ? demanda-t-elle en feignant d'être vexée. Tout le monde ne peut pas être une virtuose en musique comme toi !

Laura fit une grimace compatissante.

— Qui a osé dire que tu chantais faux, Emily ? C'est juste que tu... mélanges les notes entre elles... en te trompant de tonalité. C'est tout. À part ça, tu es un vrai rossignol !

— Un rossignol qui se ferait égorger par un chat, plaisanta Sophie.

Sophie et Laura étaient toutes deux d'excellentes élèves en musique. Laura jouait du piano et du violon. Quant à Sophie, elle avait une voix exceptionnelle. Elle s'amusait souvent à reprendre les tubes de ses chanteurs préférés en faisant exprès de chanter faux, mais tout le monde savait qu'elle était en réalité une chanteuse formidable.

— Heureusement que vous êtes mes amies, rétorqua Emily en essayant de ne pas éclater de rire, sinon je ne vous adresserais plus jamais la parole !

Mlle Moulam, leur professeur de musique, fit son entréc en classe, une pile de partitions dans une main. De sa main libre, elle remonta ses lunettes sur son nez avant de passer les élèves en revue comme si elle les voyait pour la première fois.

— Bonjour, lança-t-elle en laissant tomber la pile de partitions sur son bureau.

Quelques feuilles glissèrent au sol. Distraite comme elle l'était, elle ne s'en aperçut pas.

Un des garçons pouffa de rire, Oliver Stafford probablement, mais elle ne sembla pas le remarquer non plus. Ses yeux se posèrent ensuite sur Isabelle, qui se leva aussitôt.

— Je suis nouvelle. Je m'appelle Isabelle Armand.

Mlle Moulan compulsa la pile de partitions à la recherche de la feuille de présence, faisant, au passage, rouler un stylo par terre.

— Où est-ce que j'ai bien pu mettre cette fichue liste ! marmonna-t-elle. Ah, voilà ! Voyons voir… Isabelle. Je t'ai trouvée. Parfait. Est-ce que tu joues d'un instrument, Isabelle ?

– Bien sûr, madame, répondit Isabelle comme s'il ne pouvait en être autrement. Je suis une ballerine, voyons. N'est-il pas essentiel pour une danseuse d'être également musicienne ?

Les élèves les moins doués en musique protestèrent bruyamment.

Mlle Moulan parut amusée.

– Détrompe-toi, Isabelle. Certains danseurs parmi les meilleurs ne savent pas jouer une seule note de musique. Les deux ne vont pas nécessairement de pair. Il faut, bien entendu, avoir l'oreille musicale, un bon sens du rythme et une disposition à interpréter un morceau de musique, mais…

Elle haussa les épaules et poursuivit :

– Malheureusement, comme tu vas pouvoir le constater aujourd'hui, tous les danseurs ne sont pas musiciens, et inversement.

– Je parie qu'ils le sont en France, murmura Sophie à Jade.

Isabelle afficha un air dédaigneux et annonça non sans fierté :

– Je joue du piano, du violon et de la clarinette.

Emily poussa un soupir résigné. Quelle surprise ! Elle aurait dû s'en douter. Y avait-il seulement une chose qu'Isabelle Armand ne savait pas faire ?

Ce soir-là, après le dîner et leur séance de nata-
tion hebdomadaire, Emily et ses copines rejoi-
gnirent Matt et plusieurs autres garçons de sixième
pour jouer au billard. La table de billard se trouvait
dans la loggia, une pièce ouverte sur les jardins
situés derrière l'école. Matt avait organisé un tour-
noi filles contre garçons.

Sophie tirait à pile ou face pour savoir qui allait
commencer quand Emily aperçut Isabelle qui se
dirigeait vers l'un des studios de danse avec ses
chaussons à la main. Matt aussi l'avait vue.

– Hé, Isabelle! Ça te tente de te joindre à nous?

Isabelle tourna la tête dans sa direction.

– Non, cela ne me tente pas, répondit-elle d'une
voix tranchante.

On aurait dit que Matt venait de lui proposer de
manger une araignée, pensa Emily avec énerve-
ment.

Matt resta un instant estomaqué, mais il se ressaisit et fit comme si de rien n'était.

– Tant pis, alors.

Emily comprenait ce que pouvait ressentir Matt.
C'était un garçon adorable. Il avait seulement
voulu être amical. Pourquoi Isabelle s'était-elle
montrée aussi désagréable avec lui?

Sophie fit tournoyer la pièce de monnaie en l'air

et la rattrapa d'une main avant de la plaquer sur le dos de l'autre.

Puis elle s'adressa à Isabelle :

– Ne me dis pas que tu vas encore t'entraîner ? À ce rythme là, plus personne n'arrivera à te suivre en danse classique !

Tout le monde avait compris que Sophie plaisantait, mais Isabelle la fixa d'un air hautain, les sourcils levés, et lui répondit très sérieusement :

– Je crois que c'est déjà le cas, non ?

Sophie en resta bouche bée, laissant tomber la pièce de monnaie sous la table de billard. Pour une fois, elle était à court de repartie.

Isabelle tourna les talons sous les regards stupéfiés de toute la petite troupe.

Laura fut la première à reprendre ses esprits.

– Mais pour qui se prend-elle ? Quelle pimbêche ! Pourquoi n'est-elle pas restée en France ? Peut-être qu'ils n'en voulaient plus…

Malheureusement pour Laura, M. Barrington se trouvait dans les parages et surprit ses paroles.

– Est-ce comme ça qu'on accueille les nouveaux élèves ? lui reprocha-t-il. Ce n'est déjà pas facile de s'adapter à une nouvelle école, si en plus les élèves ne sont pas sympathiques, comment veux-tu qu'Isabelle se sente à l'aise ? J'attendais mieux de ta part, Laura McCloud. Que je ne t'entende plus faire ce genre de réflexions.

Le visage rouge de colère, Laura accusa le coup sans mot dire. Mais quand M. Barrington se fut éloigné, elle laissa exploser sa rage :

— Cette Isabelle ! C'est à cause d'elle si je me suis fait prendre… Merci beaucoup, mademoiselle Armand !

Emily ne savait quoi dire. Ils avaient tous fait des efforts, mais Isabelle s'obstinait à se montrer détestable.

— Ne faisons plus attention à elle, finit-elle par décider.

Puis elle s'agenouilla sous la table de billard, ramassa la pièce de Sophie et l'épousseta un peu avant de la relancer en l'air.

— Face ! s'écria Matt.

Emily rattrapa la pièce au vol et la retourna sur le dos de sa main.

— Pile. Service pour les filles ! Préparez-vous à subir votre pire humiliation, les garçons.

— Ça, tu l'as dit ! renchérit Sophie, à nouveau toute guillerette.

Seule Laura ne partageait pas leur enthousiasme. Elle gardait encore les yeux fixés dans la direction où Isabelle était partie.

Emily soupira et serra la main de Laura. Isabelle Armand allait finir par se faire détester de tout le monde !

Cher Journal,

J'écris ceci bien au chaud au fond de mon lit. Il fait un temps glacial, ce soir. Cela me rappelle Chicago en hiver. Je me demande s'il neige là-bas. Si c'est le cas, Sarah et toutes mes anciennes copines doivent faire des courses de traîneaux et des batailles de boules de neige tous les jours. Il faut absolument que j'envoie un mail à Sarah, demain.

L'ambiance en classe était bizarre, aujourd'hui, à cause d'Isabelle. On dirait qu'elle déteste cette école alors que, pour nous, c'est un véritable honneur d'être là. Je ne connais personne au monde qui soit aussi désagréable !

Hier, pendant le cours de danse classique, elle n'a pas dit pourquoi elle avait dû venir en Angleterre. Elle a juste dit que c'était comme ça, sans en préciser la raison. Depuis, je me demande bien ce qui l'a amenée ici. Mais POURQUOI donc est-elle venue ici ?

4

– Le courrier ! Il y a plein de lettres pour nous !

Sophie brandissait un paquet d'enveloppes. Un sourire radieux illuminait son visage. Les filles avaient fait un saut au réfectoire après le cours de danse classique du matin pour voir si elles avaient reçu des lettres ou des colis. Le courrier des élèves était trié par classe puis déposé au réfectoire avant la mi-journée. Emily attendait toujours ce moment avec impatience.

Laura, comme d'habitude, avait reçu plusieurs lettres. C'était, avec Sophie, celle qui recevait le plus de courrier. Certainement parce qu'elles écrivaient toutes les deux très souvent à leurs amis. Un paquet attendait Grace, de la part de sa mère. Emily, quant à elle, avait une carte postale de Chicago, au dos de laquelle elle reconnut aussitôt l'écriture de Sarah. Elle la lut sur le chemin du dortoir.

Chère Emily !

J'espère que tu t'amuses toujours autant à ton école. Ici, il a tellement neigé que tout est blanc. J'ai fait de la luge sur Montgomery Hill avec Libby. On était frigorifiées ! Libby et Ruthie te disent bonjour. Maman va m'emmener voir les Bears, ce week-end. J'ai hâte d'y être. Écris-moi vite ! Je pense à toi,

Bisous,
Sarah

Emily retourna la carte et fixa longuement la photo de « la Porte des nuages », une sculpture gigantesque du Millennium Park, à Chicago. C'était un endroit où elle aimait se promener avec ses amies. La photo lui rappelait les après-midi où elle faisait du roller avec Sarah. Elles s'arrêtaient toujours pour grignoter un sandwich et boire un jus de fruits avant de rentrer chez elles en métro… Une nostalgie soudaine la submergea. Sa vie aux États-Unis semblait si lointaine, maintenant !

Grace attendit d'avoir regagné le dortoir pour ouvrir son colis.

— Mes épingles à cheveux ! s'écria-t-elle. Je me demande encore comment j'ai pu les oublier à la maison. Je vais enfin pouvoir te rendre les tiennes, Emily.

Les filles se rassemblèrent autour du lit de Grace tandis qu'elle finissait de déballer son paquet.

– Super, des grosses chaussettes ! poursuivit-elle en les brandissant en l'air. La nuit dernière, j'ai eu les orteils gelés. Quoi d'autre ? Oh, chouette, mes CD.

Isabelle était la seule à ne pas partager l'enthousiasme de ses camarades de chambrée. Elle était allée prendre sa douche directement après le cours de danse et se séchait à présent les cheveux. Maintenant qu'elle y pensait, Emily ne se souvenait pas qu'Isabelle ait reçu le moindre courrier depuis son arrivée à l'école. Elle n'avait pas eu d'appels non plus, ni de messages. Du moins, pas à la connaissance d'Emily, qui se demanda si Isabelle avait un téléphone portable.

Emily consulta sa montre. Il était plus que temps d'aller prendre une douche. Elle allait finir par être en retard au cours de biologie si elle ne se dépêchait pas un peu. Après un dernier coup d'œil à la carte de Sarah, elle se dirigea vers la salle de bain avec une serviette et ses affaires de rechange.

Cet après-midi-là, en cours de français, Mlle Blanchard demanda aux élèves de s'exprimer un peu en français à propos de leur famille ou de leur maison. Comme elle parcourait la classe des yeux,

Emily, qui n'avait aucune envie de se faire interroger, baissa aussitôt la tête pour éviter de croiser son regard.

– Jade, fit Mlle Blanchard. Que peux-tu nous dire de ta maman ?

Jade réfléchit un instant avant de balbutier :

– Ma maman a des cheveux noirs… et des yeux bruns…

– Très bien, la félicita Mlle Blanchard. Et ton papa ?

– Mon papa a les cheveux rouges… et les yeux bleus.

Isabelle étouffa un grognement.

– On ne dit pas rouges pour des cheveux, mais roux, corrigea-t-elle.

Jade devint écarlate.

Mlle Blanchard se tourna vers Isabelle en fronçant les sourcils, puis vers le tableau pour écrire « cheveux roux et yeux bleus », avant d'enchaîner :

– Très bien. À qui le tour, maintenant ? Isabelle. Nous savons tous que tu viens de Paris. Quelle chance ! Parle-nous de chez toi.

Pour une fois, Isabelle parut prise de court. Il y eut un long silence avant qu'elle ne réponde dans un français parfait :

– Ma mère habite à Paris…

Les élèves étaient tout ouïes, curieux d'en apprendre enfin un peu plus sur elle.

– Mon père habite maintenant à New York…

Emily écarquilla les yeux de surprise. Les parents d'Isabelle ne vivaient donc pas ensemble ! Ce devait être triste d'avoir ses parents sur deux continents différents, même pour quelqu'un qui paraissait aussi peu sensible qu'Isabelle.

Mlle Blanchard lui posa encore une ou deux questions, mais Emily ne prêtait plus attention à ce qu'elles disaient, tout entière occupée à réfléchir à ce qu'Isabelle venait de révéler. Les autres élèves avaient d'ailleurs le plus grand mal à suivre la conversation en français tellement Isabelle parlait vite.

À la fin du cours, celle-ci rassembla ses affaires et se dirigea vers le réfectoire pour goûter. Sans la quitter des yeux, Emily poussa Laura du coude.

– Tu as entendu ce qu'Isabelle a dit à propos de ses parents ?

Laura haussa les épaules.

– Tout ce qui concerne Isabelle ne m'intéresse pas. Avec elle, c'est toujours « moi, moi, moi ».

Quand Laura apprit que les parents d'Isabelle étaient séparés, elle s'en voulut d'avoir été si dure avec elle.

— La pauvre, je n'aimerais pas être à sa place…

Au réfectoire, Isabelle était assise seule à une table, comme toujours.

— Viens, fit Laura en entraînant Emily par le bras. Allons faire notre BA de la journée.

Emily piocha dans sa réserve de friandises et lui emboîta le pas.

Laura s'assit face à Isabelle et engagea la conversation avec enthousiasme :

— Salut. On peut se joindre à toi ?

Isabelle leva les yeux de la barre de chocolat français qu'elle était en train de déballer avec soin.

— Vous faites ce que vous voulez, répondit-elle d'une voix neutre.

Il y eut un silence gêné.

Puis Laura reprit :

— Ce doit être agréable pour toi de pouvoir parler en français avec Mlle Blanchard.

— Oui.

Isabelle avala une bouchée de chocolat avant de poursuivre :

— Le français est la plus belle langue du monde, c'est bien connu. Ça me manque de ne pas la parler.

Emily inspira profondément.

— Si j'ai bien compris, ton père vit à New York.

Isabelle parut soudain troublée.

— Il a déménagé de Paris l'année dernière pour s'installer aux États-Unis.

À ce moment, Sophie vint les rejoindre. Elle lança un regard étonné à Laura et Emily, puis s'installa à leurs côtés.

— Je suis venue voir ce qu'il y avait de si intéressant à cette table, déclara-t-elle avec un large sourire.

— Je me demandais pourquoi tu étais scolarisée ici, en Angleterre, plutôt qu'à Paris ? demanda Laura à Isabelle.

Les joues d'Isabelle s'enflammèrent aussitôt.

— Ma mère n'aime plus Paris. Elle veut revenir habiter ici. C'est elle qui a décidé de m'inscrire à cette école.

— Revenir habiter ici ? répéta Emily, de plus en plus intriguée.

Isabelle acquiesça d'un léger signe de tête.

— Ma mère a grandi en Angleterre avant d'aller faire des études d'art à Paris.

— Tiens donc ! s'écria Sophie en jubilant. Mais alors, cela veut dire que tu es moitié française, moitié anglaise.

Puis elle ajouta en faisant mine d'être désolée pour Isabelle :

— Ce doit être terriblement pénible pour toi…
Comment fais-tu pour supporter ta moitié
anglaise ?

Les lèvres d'Isabelle se crispèrent. La plaisanterie
de Sophie ne la faisait pas rire du tout et elle se leva
de table.

Emily regretta que Sophie se soit jointe à elles au
moment précis où Isabelle s'ouvrait un peu. Celle-
ci semblait avoir une vie familiale mouvementée.
Ses parents ne se trouvaient même pas dans le
même pays. Il y avait de quoi se sentir perdue ! La
question était maintenant de savoir pourquoi
Isabelle rechignait tant à faire partie de la famille du
Royal Ballet ?

Le lendemain matin, au cours de danse classique, Mlle Wells rassembla les filles à côté du
piano avant de commencer l'échauffement.

— Bonjour. Je vois que vous êtes toutes d'humeur
joyeuse. Je ne voudrais pas mettre un bémol à votre
enthousiasme, mais on m'a demandé de vous rappeler que les évaluations de danse classique auront lieu
le mois prochain, juste avant les petites vacances.

À ces mots, Grace pâlit.

— Comme si on pouvait l'avoir oublié…, murmura-t-elle à l'oreille d'Emily.

– Tout se passera bien, la rassura Emily bien qu'elle ait elle-même eu un pincement au cœur à l'annonce des évaluations.

– Pouvez-nous nous dire en quoi consistent exactement ces évaluations, s'il vous plaît ? demanda Isabelle. On ne m'en a pas encore parlé. Est-ce qu'elles sont éliminatoires ?

– C'est vrai que tu n'es pas encore au courant, Isabelle, fit Mlle Wells. Les évaluations sont effectivement une sorte d'examen de passage. On vous demande d'exécuter une série de chorégraphies imposées devant un jury composé de Lynette Shelton, la directrice du Royal Ballet, et de plusieurs examinateurs. Les résultats vous seront postés pendant les vacances.

– Oh, c'est tout ? s'étonna Isabelle. J'ai toujours d'excellentes notes aux examens.

– Ravie de te l'entendre dire, lui répondit Mlle Wells, amusée.

Sophie roula des yeux en secouant la tête.

Mlle Wells avait cependant omis de mentionner quelque chose d'essentiel et Emily savait que toutes ses amies étaient en train d'y penser : il n'y avait pas de session de rattrapage à ces évaluations. Les élèves n'avaient donc pas droit à l'erreur. S'ils échouaient à ces examens, il leur faudrait quitter l'école à la fin de l'année scolaire. Ne devenait pas ballerine qui le voulait !

Mlle Wells parcourut les visages graves de ses élèves et leur adressa un sourire d'encouragement.

– Je sais que c'est plus facile à dire qu'à faire, mais essayez de ne pas trop stresser. Les évaluations doivent vous aider à progresser. Il arrive très rarement qu'un élève de sixième échoue aux évaluations. Continuez de travailler, faites de votre mieux et tout se passera bien.

Emily s'efforça de sourire, mais elle ne pouvait s'empêcher d'imaginer l'état dans lequel elle serait si elle devait quitter l'école du Royal Ballet à la fin de cette année scolaire. C'était ce qui pouvait lui arriver de pire, songea-t-elle.

Puis le cours commença et Emily serra les dents, déterminée à travailler d'arrache-pied.

Après les échauffements, les exercices à la barre et au centre, Mlle Wells leur demanda de chausser leurs pointes. Comme d'habitude, le travail avec les pointes débuta par une série de relevés à la barre pour chauffer les muscles des pieds.

– Sur l'extrémité des orteils ! précisait Mlle Wells tandis que les filles décollaient leurs talons du sol. Et ne les écrasez pas !

Elles enchaînèrent ensuite avec une série d'échappés sur pointes.

– Demi-plié en cinquième… Très bien.

Puis, Mlle Wells leur annonça qu'elles allaient apprendre un nouveau pas.

– On l'appelle le pas de bourrée piqué. Et avant que vous ne me posiez la question, je peux déjà vous répondre qu'on vous demandera de l'exécuter aux évaluations.

Des murmures s'élevèrent dans le studio. L'estomac d'Emily se serra d'angoisse.

– Pour commencer, vous vous entraînerez à la barre, expliqua Mlle Wells. Une fois que vous aurez maîtrisé le mouvement, vous pourrez passer au milieu.

Emily observa attentivement le professeur leur montrer le nouveau pas. Avec Mlle Wells, chaque pas paraissait simple et naturel, mais Emily savait pertinemment qu'il lui faudrait des heures de travail pour arriver au même résultat, le pas de bourrée piqué requérant beaucoup d'agilité et de précision.

– Commencez en cinquième, reprit Mlle Wells en décomposant le pas lentement, pointez le pied arrière en cou-de-pied et montez sur pointe, comme ça. Ensuite, vous relevez l'autre jambe sous le genou… Tout le monde a bien compris ?

Les filles opinèrent d'un signe de tête.

– Un pas de côté…, poursuivit Mlle Wells. Vous devez transférer le poids du corps sur l'autre jambe pour ramener celle qui servait d'appui sous le genou. Levé, côté, levé, fermé! Vous voyez?

Emily se mordit la lèvre. Jusqu'à présent les exercices sur pointes se faisaient en prenant appui sur les deux pieds, ce qui était beaucoup plus facile. Mais avec ces levés que Mlle Wells venait de leur montrer, il fallait transférer le poids du corps d'un pied sur l'autre, le tout, sur les pointes. Il ne lui restait plus qu'à prier pour ne pas perdre l'équilibre!

– À votre tour, maintenant, déclara Mlle Wells. Commencez en cinquième, les filles. Voilà… levé!

Emily prit une profonde inspiration et leva sa jambe droite, mais elle ne réussit pas à maintenir la position et dut reposer aussitôt le pied par terre tout en s'agrippant à la barre pour ne pas perdre l'équilibre.

– Oups! lâcha-t-elle, embarrassée.

Elle n'était pas la seule à avoir les deux pieds au sol. Sophie et Rebecca avaient rencontré la même difficulté qu'elle.

– Un pas sur le côté et levé, poursuivait Mlle Wells pour celles qui avaient réussi.

Emily secoua son pied pour le détendre tout en

observant Laura exécuter le nouveau pas jusqu'au bout. Bien évidemment, Isabelle n'avait eu aucun mal à le faire aussi! La joie se lisait sur son visage concentré. Isabelle adorait danser et cela se voyait, pensa Emily. On aurait dit une autre personne dès les premières notes de musique. Elle ne se distinguait plus alors des autres élèves de l'école. Il n'était plus question de réflexions blessantes ni de regards hautains.

Emily soupira et se remit en position. Grace elle-même avait eu du mal avec le temps levé, se rappela-t-elle pour se redonner courage. Le menton dressé et la tête bien droite, elle essaya de faire le vide dans sa tête afin de laisser son corps suivre le mouvement. Il fallait qu'elle ait plus confiance en elle si elle voulait réussir.

– On recommence, fit Mlle Wells qui vint se poster à côté d'Emily. En position et on y va! Et… levé, Emily!

Emily retint sa respiration, concentrée jusqu'au bout des orteils. Elle leva sa jambe gauche… avec trop de force, malheureusement, ce qui la fit basculer vers la droite.

Ses joues s'enflammèrent. Mlle Wells avait été témoin de son échec pitoyable. Emily détestait avoir l'impression d'être empotée mais c'était encore pire quand cela se passait sous le nez d'un professeur !

— Il ne faut pas basculer le poids du corps en arrière, Emily, lui conseilla Mlle Wells. Essaie encore une fois. Avec le poids du corps en avant, sur la pointe des pieds.

Emily se passa la langue sur les lèvres et se concentra davantage. Puis, elle essaya à nouveau d'exécuter le pas de bourrée piqué sous le regard attentif de Mlle Wells. Mais elle n'y parvint toujours pas. Pourquoi n'y arrivait-elle pas ? Pourquoi ne pouvait-elle pas garder l'équilibre, comme les autres ? Elle essaya encore et encore, en vain. L'estomac serré, elle se souvint avec horreur que Mlle Wells avait dit que ce pas faisait partie des évaluations. Il fallait absolument qu'elle le réussisse ! Il le fallait !

Mlle Wells dut percevoir son trouble et posa une main sur son épaule.

— Tu y arriveras, l'encouragea-t-elle avec chaleur. J'en suis sûre. C'est un nouveau pas, mais ton corps finira par se l'approprier. Je crois qu'on a fait assez d'exercices sur pointes, aujourd'hui, ajouta-t-elle en s'adressant cette fois-ci à l'ensemble de la classe. Nous essayerons de faire le pas de bourrée piqué au centre une autre fois. Passons aux étirements pour décontracter vos muscles et ce sera tout pour aujourd'hui.

Le cœur lourd, Emily étira ses membres endoloris tout en se remémorant chaque étape du pas de bourrée piqué afin de repérer ce qu'elle faisait de travers. Pourquoi n'y arrivait-elle pas ? Après plusieurs essais, Rebecca avait réussi à le faire, et Sophie aussi. Emily était la seule de la classe à être restée sur un échec.

La joue posée sur la barre, elle étira ses jambes l'une après l'autre. Elle avait beau se creuser les méninges, impossible de comprendre les raisons de son échec. Jusqu'à présent, elle avait adoré le travail sur pointes. Comme il avait été excitant d'apprendre à nouer les rubans de ses chaussons et de monter pour la première fois sur la pointe des pieds ! Bien sûr, il avait d'abord fallu « casser » ses chaussons de pointes flambant neufs, et les premiers cours n'avaient pas été des plus agréables, mais cela n'avait duré qu'un temps, ensuite, elle s'était sentie aussi à l'aise dedans que si elle était née avec ces chaussons aux pieds ! Au fil des jours, ils étaient devenus aussi souples qu'une seconde peau.

Emily sursauta en s'apercevant que les autres étaient déjà en place pour la révérence. Elle se dépêcha de les rejoindre pour saluer et remercier Mlle

Wells et la pianiste. Le cours fini, les élèves s'empressèrent d'enfiler leur veste de jogging qu'elles avaient laissée sur le côté de la salle et de rassembler leurs affaires.

— Ne t'inquiète pas, dit Jade à Emily. Demain, tu feras des pirouettes sur les pointes comme une vraie pro !

Emily esquissa un sourire contrit.

— J'ai l'impression que je n'y arriverai jamais, même si je devais m'entraîner cent ans !

— Te bile pas, dans cent ans, tu seras une vieille mémé, intervint Sophie pour essayer de dérider Emily. J'ose à peine t'imaginer avec des collants de contention et une canne en bois… moulée dans un superbe justaucorps en polyester beige.

Laura pouffa de rire.

— Belle perspective d'avenir ! gloussa-t-elle en poussant les portes du studio. Toi, au moins, tu sais comment remonter le moral des copines !

Emily rit avec les autres, mais elle ne pouvait s'empêcher de repasser dans son esprit les étapes du pas de bourrée piqué. « Oh, faites que j'arrive à le faire demain ! » espérait-elle de tout son cœur tandis qu'elle quittait la salle de danse à la suite des autres.

Une longue lettre de Chloé accompagnée de

plusieurs photos les montrant toutes les deux à Oxford redonna le sourire à Emily. Puis les cours académiques de la journée finirent de lui faire oublier son échec cuisant du matin.

Au foyer, ce soir-là, Grace était particulièrement renfermée, constata Emily.

– Ça va ? voulut-elle savoir.

Grace sursauta comme si Emily venait de la tirer d'un rêve éveillé.

– Ça va, s'empressa-t-elle de répondre. Enfin, pas trop…, finit-elle par avouer, le front plissé. C'est tout ce tapage au sujet des évaluations.

Elle jeta un regard autour d'elle pour vérifier que personne ne les écoutait et ajouta en baissant la voix :

– Isabelle est tellement douée… De quoi vais-je avoir l'air comparée à elle ? Je n'arrête pas d'y penser.

– Tu crois qu'ils font un classement ? s'étonna Emily.

Au même moment, Jessica Walker entra dans le foyer. Jessica était une élève de cinquième qui avait été désignée pour être la guide d'Emily. Son rôle consistait à l'aider à surmonter les problèmes qu'elle était susceptible de rencontrer.

Emily lui fit signe de s'approcher.

– Hé, Jessica ! Dis-nous, si une élève est génialissime aux évaluations, est-ce que ça peut désavantager les autres?

Jessica secoua la tête et vint s'asseoir sur l'accoudoir du canapé dans lequel Emily et Grace étaient installées.

— Non, ce n'est pas une compétition. Chacun est noté selon ses propres mérites, si génialissimes que puissent être certains élèves. On apprend beaucoup des évaluations, car on sait ensuite les points qu'il faut qu'on travaille particulièrement.

Voyant leur mine renfrognée, elle leur adressa un grand sourire.

— Il n'y a vraiment pas de quoi vous rendre malades, je vous le jure, poursuivit-elle. Moi aussi, j'ai eu peur l'année dernière. Mais vous verrez, vous vous demanderez ensuite ce qui a pu autant vous effrayer. Faites-moi confiance.

— Est-ce qu'il y a eu des élèves renvoyés? demanda Grace.

— Non, tout le monde a été accepté en cinquième. L'année d'avant aussi.

— Faites de votre mieux et tout ira bien, renchérit Carli, une autre élève de cinquième. Si vous êtes ici, c'est que vous le méritez. Il faut quelque chose d'exceptionnel pour qu'un élève soit renvoyé. Et ce n'est pas près d'arriver!

Cher Journal,

Cette journée a été ca-ta-stro-phi-que ! La pire probablement depuis que je suis à l'école du Royal Ballet. Tout d'abord, Mlle Wells nous a rappelé que les évaluations avaient lieu le mois prochain. Ensuite, elle nous a appris un nouveau pas horriblement difficile : le pas de bourrée piqué. Je n'ai pas réussi à le faire une seule fois ! Le pire, c'est qu'il est au programme des évaluations... Il faut absolument que j'arrive à le faire d'ici là. Sinon... Oh, là, là, je n'ose même pas y penser !

Tout le monde a parlé des évaluations, ce soir, au foyer. On a tous peur de ne pas convaincre le jury. Grace est persuadée qu'elle n'arrivera jamais à faire un temps levé et Laura redoute les exercices de port de bras. Il n'y a qu'Isabelle qui ne soit pas morte de trouille. « J'ai toujours d'excellentes notes aux examens », a-t-elle déclaré à Mlle Wells. Quelle prétentieuse ! Quoi qu'il en soit, elle a commencé à se confier à nous, hier midi, mais Sophie l'a coupée dans son élan. Dommage... Ce ne doit pas être facile d'avoir des parents qui vivent dans deux pays différents, mais est-ce une raison pour en vouloir à tout le monde ?

Grace a peur ne pas être à la hauteur depuis qu'Isabelle est là. C'est vrai qu'à côté d'elle, on risque de passer pour des canards boiteux, mais Jessica nous a certifié que ce n'était pas une compétition. Ça n'a pas rassuré Grace pour autant. La pauvre ! Je crois que c'est parce que sa mère veut toujours qu'elle soit la première partout.

Jessica a ajouté que les évaluations servaient à nous aider à progresser et qu'il était très rare qu'un élève ne soit pas admis en cinquième. Elle m'a dit de faire de mon mieux. C'est ce que j'ai toujours fait. Mais si je n'arrive pas à faire les exercices sur pointes devant le jury, qu'est-ce qu'il va se passer ?

5

– Emily! Emily! Tu es réveillée?

Emily tourna sur elle-même et ouvrit un œil ensommeillé pour voir Laura penchée au-dessus de son visage, les yeux pétillants d'excitation.

– Maintenant, oui, grommela Emily encore à moitié endormie. On est samedi matin, pourquoi t'es-tu levée si tôt?

– Viens voir, lui murmura Laura en tirant un pan du rideau au-dessus du lit d'Emily. Regarde!

Emily s'arracha de la chaleur de son lit en se frottant les yeux. Puis elle tituba jusqu'à la fenêtre. Le spectacle qui s'offrait à elle la réveilla d'un seul coup.

– Il neige!

D'énormes flocons virevoltaient dans le ciel, retombant avec délicatesse sur le rebord de la fenêtre.

– C'est génial, hein! s'exclama Laura.

Aux alentours, tout était blanc. Devant l'école,

un épais tapis de neige recouvrait l'allée. Les voitures de service qui n'étaient plus que des monticules cotonneux en rappelaient la forme circulaire. Les branches nues des arbres du parc croulaient sous le poids de leurs manteaux étincelants.

— Youpi ! s'écria Emily plus fort qu'elle ne l'aurait voulu. On va pouvoir faire une bataille de boules de neige !

Grace, Sophie et Isabelle se réveillèrent en s'étirant.

— Il neige ! Il neige ! leur annonça Emily, tout excitée.

Grace cligna des yeux et se releva sur ses coudes.

— J'espère que les routes sont dégagées, marmonna-t-elle. Ma mère doit venir me chercher, aujourd'hui.

Jade était également réveillée.

— Et moi, je dois prendre le train pour aller chez ma grand-mère, déclara-t-elle en réprimant un bâillement. J'espère que les trains ne seront pas bloqués.

— Regardez, il y a M. Cartwright, fit Laura en apercevant le concierge de l'école. Il est en train de saler l'allée. Ne vous inquiétez pas, les filles, vous n'aurez pas besoin d'annuler vos projets pour le week-end.

En observant M. Cartwright, Emily eut un pincement au cœur. Quel dommage de voir fondre toute cette neige ! Que l'école fût coupée du reste du monde par la neige avait quelque chose d'excitant. Emily n'avait aucun mal à se projeter dans le passé, au XVIIIᵉ siècle, quand White Lodge était encore le pavillon de chasse du roi d'Angleterre. Elle avait souvent l'impression de vivre loin de tout au milieu du parc de Richmond alors qu'ils n'étaient qu'à quelques kilomètres de Londres.

Bientôt, tout le monde fut habillé. La mère de Grace arriva à l'école peu après, bien que les routes enneigées l'aient retardée. Jade prit le minibus de l'école pour se rendre à la gare de Richmond. Holly, Scarlett et Alice partaient également pour le week-end.

– Qui vient faire une bataille de boules de neige ? cria Sophie.

Tout le monde était partant, sauf Isabelle.

– Je préfère aller me promener, déclara-t-elle en enfilant ses bottes puis son manteau en cuir et en enroulant une écharpe colorée autour de son cou.

– Quel dommage ! plaisanta Sophie. Moi qui rêvais d'avoir une bonne excuse pour lui jeter quelque chose au visage !

Dehors, Matt et d'autres garçons de sixième

étaient déjà en train de faire leurs réserves de boules de neige.

— Les filles contre les garçons ! lança joyeusement Emily en envoyant une boule sur Matt.

Elle fit mouche. Il la reçut derrière la tête. Faisant volte-face, il aperçut Emily morte de rire, cachée derrière ses gros gants de laine.

— Emily Brown ! J'aurais dû m'en douter. J'espère que tu réalises à quel point tu vas regretter ce que tu viens de faire.

Il ramassa une pleine poignée de neige qu'il façonna en boule et l'envoya droit sur Emily, qui se baissa juste à temps pour éviter le projectile, et ce fut Sophie qui le reçut en pleine poitrine.

— Tu l'auras bien cherché, Matt Haslum ! s'écria-t-elle. Je déclare la guerre ouverte !

En moins d'une minute tout le monde se bombardait de boules de neige tout en essayant d'esquiver celles des autres. Emily et ses amies ne tardèrent pas à être complètement essoufflées et recouvertes de neige de la tête aux pieds. Les joues en feu, elles s'amusaient comme jamais. Emily se tordait de rire en voyant Laura et Kate plaquer Oliver au sol, comme au rugby, puis lui fourrer des poignées de neige dans le cou. À terre, Oliver leur en envoyait des volées à l'aveuglette.

– Lâchez-moi ! hurlait-il entre deux éclats de rire.

– Vous l'avez décoiffé, le pauvre ! railla Emily. Ça va lui prendre des heures pour se recoif…

Boum ! Une boule atterrit au beau milieu de son front avant qu'elle n'ait eu le temps de finir sa phrase. C'était Matt. S'il cherchait les ennuis, il ne serait pas déçu.

Elle répliqua en lui envoyant une boule de chaque main, mais celles-ci manquèrent leur cible et sifflèrent au-dessus de la tête de Matt. Sans perdre de temps, Emily se pencha pour reprendre de la neige. Ce fut alors qu'elle aperçut Isabelle s'éloigner de l'école en quittant le tracé du chemin qui menait au parc de Richmond.

Emily se releva et cria, les mains en porte-voix :

– Isabelle ! Viens nous aider à battre les garçons !

Isabelle se retourna et marqua un temps d'hésitation. Un léger sourire illumina son visage en voyant Oliver recouvert de neige. Elle sembla sur le point d'accepter l'invitation d'Emily mais la déclina finalement :

– La neige risque d'abîmer mon manteau en cuir. Peut-être que…

Boum ! Une boule s'écrasa sur le visage d'Emily qui ne put entendre la fin de sa phrase.

Elle avait de la neige partout sur les joues, le front et même dans les yeux. L'essuyant d'un revers de la main, elle regarda en direction d'Isabelle qui n'était déjà plus là. Dommage, pensa Emily. Pendant une seconde, elle avait failli se joindre à eux…

Malheureusement, l'occasion était passée.

Au bout d'un moment, quelqu'un suggéra de faire une trêve pour aller boire un bon chocolat chaud au réfectoire. Emily accueillit la proposition avec un grand cri de joie en réalisant subitement à quel point elle était frigorifiée. Un bon chocolat chaud et des vêtements secs semblaient alors ce qu'il y avait de meilleur au monde.

Plus tard dans la matinée, la neige se remit à tomber à gros flocons. Un vent glacial soufflait autour de l'école, battant contre les grandes fenêtres cintrées du bâtiment géorgien. Plus personne ne voulait s'aventurer à l'extérieur.

Tandis que Sophie s'était réfugiée dans la salle d'informatique pour envoyer quelques mails, Emily et Laura travaillaient leurs sissones dans le salon. Emily aurait préféré réviser les exercices sur pointes, mais il était strictement interdit aux élèves de sixième de faire des pointes sans la présence d'un professeur. Si elles se blessaient, c'était toute leur carrière de danseuse qui pouvait être remise en question.

Dehors, le ciel était couvert de nuages sombres. Les filles durent allumer les lampes malgré l'heure matinale.

– On ne voit presque plus rien tellement il fait noir, fit remarquer Emily en repoussant une mèche de cheveux rebelles derrière les oreilles.

Cela faisait plus d'une demi-heure qu'elles s'entraînaient d'arrache-pied. La sueur perlait sur leur front et elles avaient les joues toutes rouges.

Elles s'approchèrent des fenêtres qui montaient jusqu'au plafond et restèrent un moment à contempler les flocons de neige fouetter les vitres. Depuis ce studio, elles surplombaient le domaine de l'école. Le parc de Richmond s'étendait au loin. Par temps dégagé, elles pouvaient apercevoir les hautes tours du centre de Londres, mais ce jour-là, Emily et Laura pouvaient à peine distinguer ce qu'il se passait à quelques mètres.

– Ouah, je suis contente de ne pas être dehors! souffla Laura.

Emily acquiesça d'un signe de tête. Un frisson lui parcourut le dos à la vue du paysage hivernal.

– On se croirait dans un film d'horreur, dit-elle en fronçant le nez. On est isolées dans un vieux bâtiment au milieu de nulle part, alors que dehors, la tempête fait rage. À tout moment, l'électricité peut être coupée. Des vampires et autres créatures maléfiques peuvent…

— Qu'est-ce que tu racontes ! répliqua Laura. On est à Londres, pas dans un château des Carpates. Faisons encore une série de sissones pour finir.

De retour dans le dortoir, un peu plus tard, elles trouvèrent Sophie, Kate et Megan en train de bavarder sur leur lit. Il neigeait à présent par rafales.

— Vous auriez dû venir avec nous, dit Emily en les voyant emmitouflées dans leur couverture. Une demi-heure de sauts et j'ai l'impression d'être en plein été !

Elle exhiba fièrement son justaucorps trempé de sueur.

Sophie poussa un soupir qui en disait long.

— C'est le week-end ! Vous êtes complètement folles, toutes les deux. La seule chose qui me ferait sortir de mon lit, c'est…

— Manger ! intervint Megan en lui adressant un clin d'œil. Ça tombe bien, il est midi.

Sophie sauta immédiatement de son lit.

— Je suis prête ! lança-t-elle en se mettant au

garde-à-vous. L'heure, c'est l'heure, alors, plus une minute à perdre. Tout le monde au réfectoire !

Pendant le repas, les surveillantes des dortoirs vinrent compter leurs élèves.

– Personne ne doit sortir par ce temps, annonça Mme Hall aux filles de sixième. Il fait trop mauvais. Vous devez rester bien au chaud à l'intérieur pour le restant de la journée. Bon, tout le monde est là ?

Emily jeta un regard circulaire. Il y avait Laura, Sophie, Megan, Rebecca, Kate... mais il manquait Isabelle.

– Madame Hall ? Isabelle n'est pas là.

– Est-ce que l'un d'entre vous a vu Isabelle Armand ? demanda Mme Hall aux élèves présents dans le réfectoire.

– Elle était dans les parages, ce matin, répondit Emily en essayant de se souvenir quand pour la dernière fois elle l'avait aperçue. Ah, elle partait se promener pendant qu'on faisait une bataille de boules de neige.

– Est-ce que quelqu'un l'aurait vue depuis ? voulut savoir Mme Hall.

Non, personne.

Le visage de la surveillante s'assombrit.

– J'espère qu'elle ne s'est pas aventurée trop loin de l'école toute seule. Le règlement interdit aux élèves de sixième non accompagnés d'aller jusqu'au parc de Richmond et encore moins au-delà. Est-ce qu'elle a dit à quelqu'un où elle allait ?

Emily et ses amies secouèrent la tête. Ayant à peine adressé la parole à Isabelle depuis le début de la matinée, elles ne lui avaient même pas demandé ses projets pour le week-end. Quant à lui rappeler le règlement de l'école… personne n'aurait osé le faire !

Mme Hall scruta d'un œil inquiet le ciel chargé de nuages.

– On ne voit presque plus rien dehors, commenta-t-elle. Il me manque une élève, ajouta-t-elle à l'attention des autres surveillantes. Isabelle Armand. Il y a de grandes chances qu'elle soit bien au chaud quelque part dans l'école, mais mieux vaut prévenir que guérir. N'importe qui pourrait se perdre par un temps pareil, et n'oublions pas qu'elle est nouvelle ici. Nous ferions mieux d'organiser les recherches.

Les élèves des classes supérieures qui étaient restés là pour le week-end proposèrent leur aide. Ils parcourraient les environs tandis que les élèves de sixième et de cinquième fouilleraient l'école.

Tout le monde se dépêcha de ranger son plateau et de se répartir en petits groupes.

— Je ne crois pas qu'Isabelle soit restée dehors alors qu'il fait si mauvais, déclara Laura. Elle ne voudrait pas abîmer son beau manteau en cuir !

— C'est vrai, convint Emily.

Emily, Laura et Sophie décidèrent cependant de faire les recherches ensemble. Elles commenceraient par le dortoir, au cas où Isabelle aurait tout simplement sauté le déjeuner. Mais il n'y avait personne. Personne non plus dans le boudoir ou au foyer. Elles inspectèrent ensuite les studios, la salle d'informatique et même la piscine couverte, mais ne trouvèrent nulle trace d'Isabelle.

— Brr, je me demande ce qu'il a pu lui arriver, souffla Emily en frissonnant.

Elle ne pouvait s'empêcher de sursauter à chaque bourrasque contre les fenêtres. Dehors, la tempête battait son plein. Si Isabelle s'était perdue dans les environs, elle devait être transie de froid à l'heure qu'il était. Ce n'était pas son manteau à la mode qui la protégerait des rafales de neige.

— Mais où peut-elle bien être ? s'inquiéta Emily.

— J'avoue que je ne sais plus où chercher, fit Laura. Et la bibliothèque ? finit-elle par ajouter sans conviction. Quelqu'un y a pensé ?

— Ça vaut le coup de vérifier, acquiesça Sophie.

La bibliothèque se trouvant de l'autre côté de l'école, elles se précipitèrent dans le tunnel qui y menait.

Confortablement blottie au fond d'un fauteuil, le nez plongé dans un roman… Isabelle semblait profiter de la journée bien au chaud parmi les hautes travées de livres.

— Isabelle ! Te voilà, enfin ! s'écria Emily avec soulagement.

Isabelle leva les yeux de son livre.

— Ben, oui, je suis là, dit-elle sans comprendre pourquoi c'était si important. Vous me cherchiez ?

— Mme Hall a dit que personne n'avait le droit d'aller dehors, expliqua Emily en parlant à toute vitesse. Et comme tu n'étais pas là au déjeuner, on a eu peur que tu sois sortie.

— Tout le monde s'est inquiété, renchérit Sophie.

— On a cru que tu t'étais perdue dans le parc, enchaîna Laura.

Isabelle jeta un coup d'œil vers la fenêtre.

— Sortie ? Dans le parc ? Avec ce temps-là ? Pourquoi diable irais-je affronter cet horrible hiver anglais ? Vous avez perdu la tête ?

— Euh…, balbutia Emily. En fait… On n'a pas le droit de se promener seule dans le parc. Le règlement l'interdit et on ne savait pas si tu t'en souvenais. C'est tout.

— Bien sûr que je m'en souviens.

Puis elle se replongea dans sa lecture.

— Bien, dit Sophie, agacée. On retourne voir Mme Hall lui dire qu'on t'a retrouvée. Toute l'école s'est mise à ta recherche, figure-toi.

Isabelle se figea de surprise.

Elle ouvrit la bouche pour dire quelque chose, mais Sophie avait déjà tourné les talons, entraînant Emily et Laura à sa suite.

— Franchement, grommela-t-elle en pressant le pas, mais pour qui se prend cette fille?

Cher Journal,

J'écris allongée dans mon lit. Vite, vite, il ne reste que quelques minutes avant le couvre-feu. Dehors, il fait toujours aussi froid. Du coup, la température dans le dortoir a encore chuté. J'ai les doigts gelés!

Isabelle a semé la panique, aujourd'hui. Pendant un moment, tout le monde a cru qu'elle s'était perdue dans la tempête de neige. Mais elle n'a même pas eu l'air de s'en soucier! Sophie ne la supporte plus. Elle a décidé de ne plus lui adresser la parole. C'est vrai qu'Isabelle est odieuse, mais une petite voix au fond de moi me dit que son air détaché de tout cache quelque chose.

6

— Nous allons commencer à préparer les enchaînements que vous devrez présenter aux évaluations,
annonça Mlle Wells quelques jours plus tard. Après
l'échauffement et les exercices à la barre, vous vous
mettrez au milieu pour les ports de bras, les adages
et les pirouettes. Ensuite nous travaillerons les
pointes et les petits allégros. Nous finirons avec les
grands allégros.

Au grand soulagement d'Emily, le cours débutait
par les étirements et les exercices familiers à la
barre. Elle affectionnait les séries de petits battements et de battements frappés qu'elle pouvait exécuter les yeux fermés. Il y eut aussi les développés
dont elle aimait la grâce et la lenteur.

Quand les élèves se placèrent au milieu pour les
ports de bras, Mlle Wells leur apprit une séquence
particulièrement difficile où il fallait pencher le
corps en avant, sur le côté puis en arrière tout en

changeant la position des bras. Pour le moment, il n'y avait rien qu'Emily n'ait déjà fait. Avec un peu d'entraînement, ces exercices ne devraient lui poser aucun problème aux évaluations. Vinrent ensuite les attitudes et arabesques de la section des adages. Le tempo plus lent soulignait la grâce de chaque mouvement. Puis, les filles enchaînèrent avec une séquence de pirouettes, de petites batteries et de grands allégros. Mlle Wells avait gardé les exercices sur pointes, que redoutait tant Emily, pour la fin. Il n'avait plus été question de pas de bourrée piqué depuis le jour où Mlle Wells le leur avait appris pour la première fois. Emily tremblait à l'idée d'échouer cette fois encore. Comme les danseuses n'avaient pas le droit de s'entraîner sur pointes sans la présence de leur professeur tant qu'elles n'étaient pas plus expérimentées, Emily avait dû se contenter de le faire en chaussons souples et de répéter inlassablement les mouvements dans sa tête.

Il s'agissait à présent de le faire pour de vrai… et de le réussir !

Tandis que toute la classe s'échauffait les chevilles et les pieds par une série de levés et d'échappés sur pointes, Emily surprit un froncement de sourcils sur le visage de Mlle Wells.

– Sophie, ton cou-de-pied dévie vers l'extérieur,

observa Mlle Wells en se baissant pour corriger la position de son pied. Redescendez, fit-elle à toute la classe. Fais-moi voir ce pied de plus près, ajouta-t-elle, le pied de Sophie dans une main. Vous me ferez le plaisir de travailler un peu plus vos pieds, mademoiselle Sophie Crawford. La kiné ne t'a-t-elle pas montré des exercices pour les assouplir ?

Sophie opina de la tête, les joues en feu.

Emily se rappela qu'au début du premier trimestre déjà, Mme Gourlay, la personne chargée de fabriquer leurs chaussons de danse, avait conseillé à Sophie de faire des exercices pour accentuer la cambrure de ses pieds. Laura devait également faire des exercices supplémentaires, mais dans son cas, c'était pour renforcer ses pieds en forme de banane presque trop souples. Emily savait que Laura avait travaillé dur, mais Sophie… Disons que Sophie n'était pas une élève très consciencieuse.

Les yeux baissés, Sophie dessinait des ronds sur le sol avec le bout de son chausson.

— Je pense que je vais devoir redoubler d'efforts, convint-elle.

Mlle Wells hocha la tête.

— Si tu désirais vraiment devenir une danseuse professionnelle, tu y travaillerais jour et nuit. Des pieds souples et bien musclés font toute la différence sur scène.

Puis elle jeta un regard circulaire à toute la classe.

– Comme vous le savez déjà, on n'a rien sans rien, dans ce métier.

« Comme si elle avait besoin de nous le rappeler ! » songea Emily, en jetant un coup d'œil à ses propres pieds. Être danseuse, ce n'était pas juste faire des pirouettes en collant rose et tutu froufroutant, comme certains pouvaient le croire, mais cela impliquait des années d'entraînement acharné à modeler son corps, parfois même jusqu'à la douleur. Il fallait, pour cela, se plier à une discipline stricte et avoir une volonté de fer.

Danser valait cependant la peine de s'astreindre à tant d'efforts. Emily n'aurait pour rien au monde voulu faire autre chose.

– Bien, reprit Mlle Wells avec le sourire. Passons maintenant au pas de bourrée piqué. Vous commencerez, comme la dernière fois, à la barre. Une fois le mouvement acquis, vous pourrez essayer de le faire au milieu.

Elle leur montra une nouvelle fois le pas, puis frappa dans ses mains avant de les inviter à l'imiter :

– À vous, maintenant. Vous êtes prêtes ?

Emily serra les dents. « Allez, Emily ! se dit-elle.

Sois positive. Tu vas le réussir ce nouveau pas. Vas-y ! »

Elle essaya de se souvenir de toutes les recommandations de Mlle Wells : « Levé, côté, levé, fermé. Le poids du corps en avant, au-dessus des orteils. Ne pas se pencher en arrière. »

Elle prit une profonde inspiration et leva sa jambe gauche, transférant le poids de son corps sur l'extrémité de ses orteils droits. Oh non ! Elle avait été trop rapide et en avait perdu l'équilibre.

– Prends ton temps, l'encouragea Mlle Wells. Il n'y a aucune raison de se précipiter. Essaie encore une fois. Je sais que tu peux y arriver.

Emily s'efforça de sourire, mais elle ne put s'empêcher de remarquer que toutes les autres élèves avaient réussi du premier coup ! Grace, qui exécutait le pas avec aisance, arborait un sourire radieux, tandis que Jade restait très concentrée. Isabelle, bien sûr, le maîtrisait avec une facilité déconcertante. À croire qu'elle avait appris ce pas avant même de savoir marcher !

« J'y arriverai, quitte à y passer le restant de ma vie ! » songea Emily en se remettant en position. Elle reprit une profonde inspiration. Le conseil de Mlle Wells ne lui quittait pas l'esprit : « Prends ton temps. »

Bon. Jambe gauche levée, sans précipitation, avec grâce, puis… sur la pointe droite ! Emily s'attendait à tituber à nouveau, mais à sa grande surprise, son corps resta en parfait équilibre sur une pointe.

— Tu vois ? fit Mlle Wells avec un sourire triomphant. Très joli ! Garde bien le poids du corps en avant. Et voilà ! Tu as réussi.

Le visage rayonnant, Emily resta en équilibre encore quelques instants, juste pour le plaisir de savourer cette victoire un peu plus longtemps. Elle avait réussi !

— N'oublie pas pour autant de finir ton mouvement, lui fit remarquer Mlle Wells en riant. Un pas sur le côté et lève l'autre pied.

Emily s'exécuta aussitôt en s'appliquant du mieux qu'elle pouvait et en essayant de ne pas s'appuyer à la barre. Et hop, la voilà sur son pied gauche. La sueur perlait sur son front et elle sentait des élancements dans son pied d'appui, mais c'était aussi comme s'il lui poussait des ailes.

À l'autre bout du studio, Laura la félicita en levant les pouces et Grace lui adressa un sourire éclatant. D'un certain côté, se dit Emily, c'était encore plus gratifiant de réussir quelque chose après une lutte acharnée que de le réussir du premier coup. On se sentait tellement plus fort ensuite !

– À présent, passons au milieu, déclara Mlle Wells en se plaçant sur le devant de la salle. C'est exactement la même chose, sauf que vous ne pourrez plus vous appuyer sur la barre.

Emily sentit sa gorge se serrer tandis qu'elle prenait place au deuxième rang. Elle ne se sentait pas encore tout à fait prête pour répéter son exploit.

La pianiste joua les premières mesures et Mlle Wells compta les temps.

– Et… levé, côté, levé, fermé ! Levé, côté, levé, fermé ! Levé, côté, levé, fermé !

Au milieu, le tempo semblait plus rapide qu'à la barre. Trop rapide, pensa Emily, au bord des larmes. Elle ne cessait de perdre son équilibre. C'était à en pleurer de rage !

– Retourne à la barre, si tu as encore besoin de t'entraîner, lui conseilla gentiment Mlle Wells. Tu as tout le temps d'apprendre ce pas.

Emily se dirigea vers le fond de la salle, les joues rendues brûlantes par l'effort. Encore un peu et elle éclatait en sanglots devant tout le monde. Pendant quelques minutes, elle avait cru maîtriser un pas difficile… Et elle revenait à la case départ !

Cher Journal,

Quelle déception, aujourd'hui ! Pourquoi est-ce que je n'arrive pas à faire le pas de bourrée piqué ? J'ai bien réussi à le faire une fois, mais c'était à la barre. Impossible ensuite de le refaire au milieu... Il faut que j'y arrive. Il le faut !

Heureusement que les filles sont là pour me remonter le moral. Elles savent que je n'arrête pas d'y penser et m'ont assuré que toutes les ballerines avaient un point faible. Laura a des difficultés avec les ports de bras. Quant à Grace, elle peine toujours avec le temps levé. Réussir le pas de bourrée piqué est devenu une véritable obsession pour moi. Pourquoi est-ce que je n'y arrive pas ? Pourquoi ?

C'est la première fois que j'ai autant de mal avec un nouveau pas. Je déteste avoir l'impression que mon corps ne bouge pas comme je le voudrais. Je sais d'avance que je vais y penser toute la nuit.

En voyant ma mine déconfite, Sophie a promis de me faire mon horoscope. J'espère que les étoiles seront de mon côté et que je vais réussir le pas de bourrée piqué dès le prochain cours !

Le samedi après-midi suivant, Grace, Laura, Sophie et Jade décidèrent de participer à la sortie-shopping à Sheen, une ville des environs.

Pour une fois, Emily n'eut pas envie de les accompagner.

Mlle Wells leur avait rappelé qu'il était interdit de s'entraîner sur pointes en dehors de sa présence, Emily ne pouvait donc travailler le pas de bourrée piqué, mais elle avait besoin de danser. Elle ne pouvait quand même pas attendre le prochain cours les bras croisés ! Peut-être qu'une bonne séance de sauts lui ferait du bien…

Elle qui d'habitude ne trouvait jamais rien d'insurmontable commençait à paniquer à l'idée de ne jamais réussir le pas de bourrée piqué. Sa devise préférée : « Je peux le faire, je peux le faire ! » était devenue au fil des jours : « Je n'y arriverai jamais, je n'y arriverai jamais ! »

Dans le studio désert, Emily s'échauffa longuement avant de commencer par travailler ses temps levés. Que lui avait reproché Mlle Wells, l'autre jour ? Ah oui, qu'elle manquait de verticalité. Elle exécuta quelques temps levés en se scrutant dans la glace. Elle voyait maintenant ce que voulait dire son professeur : elle penchait son buste en arrière pendant le saut. Peut-être qu'en…

Au moment où elle s'apprêtait à faire un nouveau saut, la porte du studio s'ouvrit pour laisser passer Isabelle.

Les deux jeunes filles se dévisagèrent avec surprise.

– Pardon, lâcha Isabelle. Je ne pensais pas trouver quelqu'un à cette heure-ci. Je peux aller dans la salle d'à côté.

– Ce n'est pas la peine, l'arrêta Emily. Il y a de la place pour deux. J'étais juste en train de travailler mes temps levés.

Isabelle se déchaussa, enleva son bas de jogging tout neuf et enfila ses chaussons.

– J'avais remarqué en effet que tu avais du mal à les faire.

Emily se hérissa, ne s'attendant pas à une telle franchise. « On ne peut pas tous être parfaits comme toi ! » eut-elle envie de lui rétorquer.

Isabelle s'installa à l'autre bout de la pièce pour s'échauffer tandis qu'Emily se remettait au travail. Après s'être entraînée à faire ses temps levés à travers le studio, comme avec Mlle Wells, elle décida d'en tenter quelques-uns sur place. Maintenant qu'Isabelle était là, Emily n'avait aucune envie de se donner en spectacle en traversant le studio de long en large. Pour qu'Isabelle lui fasse remarquer ses moindres défauts ? Merci bien !

En cinquième position, Emily se concentra avant de sauter en levant une jambe en arabesque.

Elle grimaça au reflet dans la glace. Ce n'était pas encore tout à fait ça. Que fallait-il faire pour que ce soit parfait ?

Elle se réceptionna en douceur et poussa un profond soupir. À sa grande surprise, Isabelle vint se poster à côté d'elle.

— Tu n'y es pas, expliqua-t-elle. Regarde-moi. Je vais te montrer.

Bien qu'elle se soit exprimée d'une manière un peu brutale, Emily se rendit compte soudain qu'Isabelle venait de lui offrir son aide. Elle se contenta donc d'acquiescer.

Isabelle exécuta un temps levé absolument parfait.

Emily émit un petit grognement.

— Comment tu fais ça ? Je ne vois pas ce que je fais de travers.

— À mon avis, tu es trop crispée. Il faut que tu te détendes. Suis le mouvement de ton bras avant. Quand j'ai appris à faire ce pas, mon professeur disait qu'il fallait se concentrer sur la ligne de son corps avant d'essayer d'aller haut.

Emily se sentit un peu rabaissée par cette critique car elle s'était toujours efforcée jusqu'à présent de sauter le plus haut possible dans les grands allégros.

— Je peux toujours essayer, finit-elle cependant par convenir. Merci.

Isabelle observa avec attention son saut. Emily ne quitta pas des yeux son propre reflet dans la glace.

— Ne te regarde pas, lui conseilla Isabelle. Ça ne fait que te distraire. Essaie encore une fois en fermant les yeux. Dis-toi que tu dois faire une ligne droite en l'air. Ne pense surtout pas à monter le plus haut possible. Il vaut mieux sauter pas très haut mais être bien placée.

Emily ne put s'empêcher de sourire devant le sérieux d'Isabelle. Pour une fois, cela ne la dérangeait pas qu'Isabelle étale ses connaissances. Au contraire, c'était plutôt pratique d'avoir l'avis d'une danseuse aussi douée. Et Isabelle semblait sincèrement vouloir l'aider. Mlle Armand n'était peut-être pas si odieuse, après tout.

Puis Emily ferma les paupières, pas très sûre d'elle-même.

— À vos ordres, professeur, dit-elle sur le ton de la plaisanterie. Je vais essayer.

La revoilà en l'air, la jambe lancée en arrière avec autant de grâce et de précision que possible, tout en se concentrant pour rester bien droite, le menton légèrement relevé…

Une fois réceptionnée, elle rouvrit les yeux et vit un sourire radieux sur le visage d'Isabelle.

– C'était parfait! Bravo, Emily. Mlle Wells n'aurait pas fait mieux.

Emily pouffa de rire, un peu surprise de voir Isabelle aussi joyeuse. C'était bien la première fois qu'elle souriait ainsi!

– Merci, dit Emily avec gratitude. Tu devrais donner des cours particuliers. Tu ferais fortune, crois-moi.

Isabelle esquissa un sourire désabusé.

– Cela m'étonnerait que les élèves se précipitent à ma porte, Emily.

Emily songea aux nombreuses fois où Isabelle s'était montrée franchement désagréable avec les autres filles. Pourraient-elles le lui pardonner un jour?

– Peut-être que si, répliqua Emily en roulant des yeux. Une fois que j'aurai fait passer le mot qu'Isabelle Armand donne des cours particuliers, tu...

Dring! Dring! Elles sursautèrent toutes les deux.

– C'est ton téléphone? demanda Emily.

Isabelle paraissait encore plus étonnée qu'elle. À croire que c'était la première fois qu'elle l'entendait sonner.

– Je crois que oui, balbutia-t-elle en se précipitant vers ses affaires. Excuse-moi, Emily, ajouta-t-elle en fourrageant dans son sac.

– Ce n'est rien, s'empressa de dire Emily avant de se remettre en position pour un autre saut.

Elle n'en revenait toujours pas d'avoir plaisanté avec Isabelle. Qui aurait pu imaginer qu'elle, Emily Brown, aurait sympathisé avec Isabelle Armand ? Pendant un bref instant, c'était comme si elles avaient été amies.

Isabelle retrouva enfin son téléphone au fond de son sac et décrocha. Son visage s'illumina aussitôt.

– Maman ! Comment tu vas ? Je me demandais si…

Elle s'interrompit et son visage s'assombrit de plus en plus.

Emily détourna rapidement les yeux, ne voulant pas paraître indiscrète. Isabelle avait sa mère en ligne, mais ce fut à peu près tout ce qu'Emily put comprendre. Après un long silence, Isabelle déversa un flot de paroles en français auquel Emily ne comprit pas un traître mot. Mais au ton de sa voix, cela ne se passait pas bien du tout.

Emily continuait à s'entraîner, mais elle se sentait de trop dans la pièce et décida en définitive de laisser un peu d'intimité à Isabelle. Elle rassembla ses affaires et enleva ses chaussons. Au moment où elle passait le pas de la porte, Isabelle raccrocha, furieuse.

– C'est dingue ! s'exclama-t-elle avec colère.

Emily se figea.

– Euh… Tout va bien ? demanda-t-elle timidement en faisant demi-tour.

– Idiote ! ragea Isabelle, les yeux fixés sur son portable. Oh, pardon. Je ne m'adressais pas à toi, Emily. Je parlais de ma mère. Je ne la comprends pas !

Emily ne sut quoi dire. Si seulement il y avait eu quelqu'un d'autre dans la pièce. Quelqu'un qui aurait su trouver les mots justes. La douce Jade ou la très sensible Grace auraient été d'un meilleur soutien.

– Est-ce que… Est-ce que c'était des mauvaises nouvelles ? fut tout ce qu'Emily trouva à dire.

Isabelle poussa un profond soupir.

– C'était ma mère. Avec elle, c'est toujours des mauvaises nouvelles.

Le téléphone se remit à sonner dans sa main. Elle le fixa d'un air morose et l'envoya voler contre le mur du studio. L'appareil s'ouvrit en deux sous le choc et la sonnerie s'arrêta net.

Emily se sentait de plus en plus embarrassée.

– Euh…

Isabelle leva le menton et déclara d'une voix décidée :

– Je vais faire quelques grands sauts. Les plus hauts possibles. Jusqu'à ce qu'elle me sorte de la tête.

Sans ajouter un mot, Isabelle exécuta une série de temps levés absolument parfaits. Elle sautait beaucoup plus haut qu'Emily n'avait jamais sauté. La rage se lisait sur son visage.

– Bon… Si tu as envie d'en parler, n'hésite pas, je suis là, proposa Emily.

Comme Isabelle gardait le silence, Emily la laissa seule, soulagée finalement de s'éclipser. Wouah ! La Française avait encore fait des étincelles… Qu'avait bien pu dire sa mère pour la mettre dans un tel état ?

Cher Journal,

Quelle étrange journée ! Même si les autres se sont bien amusées à la sortie-shopping de cet après-midi (la preuve : j'ai la bouche pleine de chocolat que Laura a acheté), je suis contente d'être restée ici. Premièrement, j'en ai profité pour m'entraîner un peu et j'ai enfin réussi à rester bien droite pendant mes temps levés ; et deuxièmement, j'ai eu l'occasion de mieux faire connaissance avec Isabelle. Malheureusement le coup de fil de sa mère a tout gâché. Isabelle s'est mise dans une colère noire. J'en ai eu la chair de poule. Je ne savais plus où me mettre. Depuis, je crois qu'elle m'évite. Tout à l'heure, elle jouait du piano dans le boudoir avec l'air de ne pas vouloir qu'on lui adresse la parole. Et tu sais quoi ? Je trouve ça triste. Ce doit être dur de se brouiller avec sa mère alors qu'elle est aussi loin.

J'ai dit aux autres que c'était grâce aux conseils d'Isabelle que j'avais réussi les temps levés, mais elles ont eu du mal à le croire. Sophie s'est même moquée de moi en me disant que j'avais dû être une élève vraiment nulle pour avoir mis Isabelle d'aussi mauvaise humeur. Je n'ai rien dit au sujet du téléphone. J'aurais eu l'impression de dire du mal d'elle dans son dos.

Comme on s'est bien entendues, j'espère qu'Isabelle et moi apprendrons à mieux nous connaître. Elle peut être drôle et sympa quand elle oublie d'être absolument insupportable ! Peut-être que... Qui sait ? Si Isabelle a pu être gentille avec moi, elle peut l'être également avec les autres ?

Ah, oui ! Laura m'a raconté qu'avec les filles, elles avaient suivi quelques garçons de sixième cet après-midi et qu'elles avaient surpris Oliver Stafford en train de s'acheter une bouteille d'eau de Cologne qui coûtait une fortune. Qu'est-ce qu'il peut être superficiel !

Bon, je dois y aller. Sophie a promis de me coiffer avec son nouveau fer à défriser !

7

Au cours de danse suivant, après les exercices à la barre et au milieu, Mlle Wells demanda aux filles de se mettre en file indienne sur le côté du studio.

– Passons aux temps levés.

Emily se tourna vers Isabelle et lui adressa un sourire. Même si elles ne s'étaient pas parlé depuis leur petite séance d'entraînement, Isabelle lui rendit son sourire.

Quand ce fut au tour d'Emily de s'élancer à travers la pièce, elle prit une profonde inspiration et se remit en mémoire les conseils d'Isabelle : ne pas se crisper et faire une ligne droite en l'air. Elle qui avait l'habitude de se concentrer essentiellement sur la hauteur des sauts s'attachait désormais plus à la précision de ses mouvements. Elle s'était même promis de ne pas penser du tout à monter le plus haut possible.

– Très joli, Emily, la complimenta Mlle Wells.

Tu as fait des progrès. La position en l'air est parfaite. C'était gracieux et avec un excellent maintien.

Emily rougit de plaisir et articula un merci silencieux à l'attention d'Isabelle, qui lui fit une légère révérence en retour.

Le reste du cours se passa comme un enchantement. À la fin, Sophie vint féliciter Emily.

— Je ne pensais pas qu'Isabelle pouvait aider qui que ce soit, déclara-t-elle, mais après ta démonstration de tout à l'heure, je n'en doute plus.

Malheureusement, Isabelle, qui enfilait le haut de son jogging à quelques pas de là, avait tout entendu.

— Je suis là, tu sais, fit-elle remarquer. En général, tu préfères attendre que j'aie le dos tourné pour dire du mal de moi. Ne change pas tes habitudes, je t'en prie.

Sophie sursauta et se retourna vers Isabelle.

— Excuse-moi, bafouilla-t-elle d'un air coupable. Ne le prends pas mal. Je… En fait, c'était un compliment, ajouta-t-elle avec un sourire timide. Tu crois que tu pourrais m'aider à sauter aussi bien ?

Isabelle soupira.

— J'en doute, Sophie. Avec Emily, c'est différent. C'est une bonne danseuse, alors que toi… Tu danses comme un canard.

– Hé! protesta Sophie. C'est même pas vrai!

– Je ne pense pas qu'on accepterait un canard à l'école du Royal Ballet, Isabelle, intervint Laura. Sophie est une excellente danseuse, comme nous toutes.

– Oui, bien sûr, ironisa Isabelle en jetant un regard plein de mépris à Sophie.

– Voyons, Isabelle…, commença Emily.

Mais celle-ci avait déjà tourné les talons et s'éloignait dans le couloir. Emily était triste qu'Isabelle ait surpris leur conversation, mais ce n'était pas une raison pour insulter Sophie. Elle savait qu'Isabelle pouvait être gentille, pourquoi cette dernière se montrait-elle aussi antipathique avec les autres?

– Quelle pimbêche! s'exclama Sophie, le visage rouge de colère. Si seulement elle était restée en France au lieu de venir nous pourrir la vie ici!

Cher Journal,

Je commençais tout juste à trouver Isabelle sympa quand elle s'est montrée encore plus odieuse! Après sa dispute avec Sophie, je me demande si je n'ai pas rêvé samedi. Comment peut-on être aussi gentille un jour et si méchante le jour suivant?

Le lendemain en fin d'après-midi eut lieu le cours hebdomadaire de chorégraphie. Mlle Denton annonça aux filles qu'elles devaient inventer de courts enchaînements sur la musique de *La Belle au bois dormant*.

– Mettez-vous par groupes de quatre et imaginez que c'est la première fois que vous entendez cette musique. Tout en suivant le rythme, essayez de montrer ce qu'elle vous fait ressentir… Les émotions qu'elle suscite en vous. Traduisez ces émotions en pas de danse.

Laura, Jade, Megan et Holly se mirent ensemble, tandis que Kate, Alice, Scarlett et Rebecca formaient un deuxième groupe. Sophie rejoignit Emily et Grace. Seule Isabelle restait à l'écart.

– Isabelle, mets-toi dans le groupe de Grace, dit Mlle Denton.

Grace poussa un soupir.

– J'espère qu'elle ne va pas faire sa princesse, murmura-t-elle à l'oreille d'Emily.

Isabelle fixa Grace, qui rougit comme une pivoine. Elle avait tout entendu, il n'y avait aucun doute là-dessus.

– Si je suis une princesse, comme tu le dis si bien, toi, qu'est-ce que tu pourrais être, Grace? Un vulgaire palefrenier?

Grace n'eut pas le temps de lui répondre car Mlle Denton reprit la parole :

– Écoutez bien la musique. C'est le plus important. Fermez les yeux et laissez-vous porter par les notes. Vous êtes prêtes ? Allons-y.

Emily était soulagée d'avoir à fermer les yeux, mais ce n'était pas facile de se concentrer sur la musique, si douce fût-elle, alors que l'atmosphère dans le groupe était aussi tendue.

Elle appréhendait le moment où la musique s'arrêterait et où Grace et Isabelle se remettraient à se chamailler.

Contre toute attente, lorsque Grace exposa ses premières idées de chorégraphie, Isabelle n'émit aucune objection, se contentant au contraire d'acquiescer docilement.

Emily s'efforça de ne pas montrer sa surprise en voyant Isabelle suivre les indications de Grace sans broncher. Quand Grace leur demanda de se mettre en file indienne, Sophie fronça les sourcils.

– Et si je me mettais au milieu, à la place d'Isabelle, tu ne crois pas que ce serait mieux ?

Grace hésita.

– J'ai mis Isabelle au milieu et toi derrière parce que tu es plus grande qu'elle. Comme Emily est la plus petite, elle va devant.

— Mais si je me mets devant Isabelle, insista Sophie, alors…

— C'est Grace la chorégraphe, l'interrompit Isabelle. Je pense qu'elle a raison. On va rester là où elle nous a placées.

La suite du cours se poursuivit pour Emily, Sophie et Isabelle sous les directives de Grace. Isabelle suivait ses indications à la lettre sans jamais les remettre en question, alors que Sophie, qui aspirait également à devenir chorégraphe, ne cessait de donner son avis et de proposer des changements. Emily remarqua qu'Isabelle soutenait Grace à chaque fois que ses choix étaient discutés. Peut-être était-ce pour se faire pardonner de l'avoir traitée de palefrenier au début du cours. En tout cas, c'était très agréable de danser avec Isabelle quand elle était de bonne humeur, songea Emily. On aurait dit une autre personne !

Avant la fin du cours, Mlle Denton demanda aux élèves de montrer leur création. Emily, Sophie et Isabelle s'en sortirent très bien, ce qui valut à Grace, leur chorégraphe, les compliments de Mlle Denton.

— C'était très joli. Il y a un bon travail d'équipe. Et bravo pour la chorégraphie, Grace.

Toute fière, Emily donna un coup de coude à Grace qui rougit de plaisir.

– Merci, les filles, dit celle-ci en quittant le studio. Merci, Sophie. Merci, Emily. Et Merci, I…

Isabelle était déjà loin devant. Sa gentillesse s'était envolée au moment même où la musique s'était arrêtée !

Les filles se changèrent et regagnèrent le réfectoire pour le dîner. Emily était épuisée et avait mal partout. Il était temps de redonner un peu d'énergie à son corps endolori.

Le courrier les attendait sur une table, trié à côtés des paquets. Elles se précipitèrent toutes dessus. Emily y trouva une lettre venant de Chicago sur laquelle elle reconnut l'écriture de son grand-père. Le sourire jusqu'aux oreilles, elle la saisit avant de se pousser pour laisser passer Isabelle. Cette dernière vérifia la liasse de courrier deux fois de suite avant de la reposer, déçue de n'avoir rien trouvé.

Sa déception n'échappa pas à Grace.

– Tu attendais quelque chose d'important ? lui demanda-t-elle comme pour se rattraper de l'avoir froissée plus tôt.

Emily savait que son amie s'en voulait d'avoir traité Isabelle de princesse, même si elle n'avait pas complètement tort !

Isabelle la dévisagea d'un air circonspect.

— Cela ne te regarde pas, riposta-t-elle d'une voix sèche.

Grace, si sensible, était au bord des larmes.

— Viens, Grace, dit Emily en fourrant la lettre de son grand-père dans son sac. Allons dîner.

— Pourquoi est-ce qu'elle s'en est prise à moi ? se plaignit Grace tandis qu'elles s'emparaient d'un plateau et rejoignaient la file d'attente du self. Elle était pourtant… normale en cours de choré. Moi qui commençais à me dire qu'on pourrait être finalement amies, je n'en ai plus du tout envie ! Comment peut-on être aussi lunatique ? Cette fille est franchement pénible !

Emily lui passa un bras autour des épaules.

— Ne fais pas attention à elle, lui conseilla-t-elle. Et n'y pense plus.

Sous son calme apparent, Emily bouillonnait de rage. Elle détestait voir Grace dans cet état. À chaque fois que quelqu'un faisait des efforts pour sympathiser avec Isabelle, celle-ci se montrait encore plus méchante. Même si elle était déçue de ne pas avoir reçu de courrier, ce n'était pas une raison pour s'en prendre à Grace !

Après le dîner, Emily décida d'envoyer des mails à ses amies d'Oxford et de Chicago. En se rendant à la salle d'informatique, elle passa devant un studio de danse et y jeta un coup d'œil. Isabelle virevoltait avec grâce, les yeux mi-clos, le visage impassible.

Emily ne put résister à la tentation de l'observer un instant et, malgré sa colère, elle dut reconnaître qu'Isabelle était une danseuse exceptionnelle. Tous les élèves de l'école travaillaient d'arrache-pied pour être le meilleur danseur possible, mais il semblait que, pour Isabelle, c'était une véritable obsession.

Emily ne pouvait détacher ses yeux d'elle, même quand elle se mit à la barre pour soulager ses muscles, le front ruisselant de sueur et les joues en feu. Isabelle ne tarda pas à s'apercevoir de sa présence. Elle se figea et fixa Emily sans comprendre ce qu'elle faisait là.

Un peu gênée, Emily décida en définitive d'en profiter pour mettre les choses au clair une bonne fois pour toutes. Isabelle ne pouvait quand même pas continuer à traiter les gens de cette façon-là ! De plus, Emily savait qu'Isabelle pouvait se montrer sympa quand elle le voulait. Même si c'était rare !

– Tu sais que tu t'es montrée très grossière avec Grace, tout à l'heure, déclara-t-elle en entrant dans le studio. Elle ne faisait que te poser une question. Tu n'avais aucune raison de t'en prendre à elle.

Appuyée à la barre, Isabelle jeta une jambe en l'air. Ses yeux lançaient des éclairs.

– Elle a été grossière aussi en cours de chorégraphie. J'avais bien vu qu'elle ne voulait pas de moi dans le groupe. Elle m'a traitée de princesse ! Après ça, elle me pose des questions sur ma vie privée. Je suppose que c'est pour pouvoir dire du mal de moi. Tu crois que je ne vous entends pas murmurer des choses derrière mon dos ?

Les deux filles se dévisagèrent un moment sans rien dire. Emily rompit le silence :

– Si tu n'étais pas toujours aussi odieuse, personne ne dirait du mal de toi !

Isabelle en resta bouche bée.

– Grace n'est pas comme ça, reprit Emily pour paraître moins virulente. Elle se fiche des potins. Elle voulait juste se montrer amicale.

– Je n'ai pas besoin d'amies. Tout ce que je veux, c'est danser.

Emily secoua la tête, incrédule.

– Tout le monde a besoin d'amis.

Isabelle marqua un temps d'hésitation avant de lancer sa jambe encore plus haut.

– Pas moi. Je n'ai besoin de personne.

Puis elle tourna le dos à Emily pour travailler son autre jambe.

Emily serra les dents, poussa un soupir de dépit et quitta la pièce.

– Puisque c'est comme ça, tu n'as qu'à rester toute seule !

Cher Journal,

Avec Isabelle, il n'y a pas une journée sans esclandre ! Les choses se sont un peu calmées, heureusement. Isabelle n'a rien dit de méchant ce soir. En fait, elle nous a évitées toute la soirée. Grace, Laura et moi sommes restées dans le boudoir. Laura nous a joué quelques airs au piano et on a chanté une chanson ou deux. Les filles se sont encore moquées de moi... Ce n'est pourtant pas de ma faute si je chante comme une casserole ! Du coup, j'ai réussi à redonner le sourire à Grace. Isabelle a vraiment été odieuse avec elle, la pauvre.

En tout cas, je préfère mille fois avoir un « vulgaire palefrenier » aussi gentil que Grace comme amie qu'une soi-disant « princesse prétentieuse » !

8

Deux semaines s'écoulèrent sans qu'Emily ne voie le temps passer. À présent, tout le monde ne parlait plus que des évaluations. Sophie avait même repêché sous son lit l'élastique que le kiné lui avait donné en septembre pour renforcer la cambrure de ses pieds. À force d'entraînement, Emily réussissait presque à chaque fois le pas de bourrée piqué au milieu, mais ce n'était pas encore tout à fait ça. Elle redoutait toujours autant de perdre l'équilibre sur une pointe. C'était horrible de ne pas maîtriser entièrement son corps.

Grace était la plus angoissée. Dès qu'il était question des évaluations, elle se rongeait les ongles en pensant au jury. Emily avait l'impression que son amie dormait mal ces derniers temps. Cela faisait plusieurs nuits qu'elle ne cessait de se retourner dans son lit et qu'elle marmonnait dans son sommeil.

La seule personne à ne partager ni leurs doutes ni leurs conversations était Isabelle. Alors que tous parlaient ouvertement de leurs craintes, Isabelle semblait plus renfermée que jamais. Elle n'était pas particulièrement désagréable, mais elle ne se montrait pas amicale pour autant. Elle s'entraînait seule et évitait de croiser le regard des autres.

Emily ne pouvait s'empêcher d'être triste de la voir mise à l'écart, même si elle l'avait bien cherché. Personne ne voulait s'asseoir à côté d'Isabelle en classe ou danser avec elle quand il fallait se mettre en groupes. De même, personne ne lui demandait de l'aider en français alors qu'elle était la mieux placée pour le faire. À vrai dire, personne ne lui adressait jamais la parole. Isabelle était toujours seule, même dans le dortoir quand toutes les filles se réunissaient pour bavarder et rire. La vie à l'école du Royal Ballet était si amusante, dommage qu'Isabelle n'en profite pas ! Elle ne faisait toujours pas d'effort pour s'intégrer.

À quelques semaines des évaluations, Grace avait le moral au plus bas. Alors qu'elles se rendaient au laboratoire de sciences, elle se confia à Emily :

– À chaque fois que ma mère m'appelle, c'est pour me répéter qu'elle espère que je serai première aux évaluations. Elle dit ça plus ou moins sur le ton de la plaisanterie, mais je sais qu'elle le pense vraiment. Et je suis sûre qu'Isabelle me battra. C'est de loin la meilleure de la classe !

Emily n'en revenait pas. Elle savait que Grace était sous pression mais pas à ce point-là.

— Ce n'est pas une compétition, rappela-t-elle à son amie.

— Je sais, mais on sera quand même notées. Et pour ma mère, c'est très important que je sois la première de la classe.

— Allez, Grace, la gronda gentiment Emily en poussant la porte du laboratoire de sciences. Tu es une excellente danseuse. Et si tu ne finis pas première, ce n'est quand même pas la fin du monde !

Grace la fixa droit dans les yeux.

— Tu paries ?

Ce ne fut qu'une fois installée en classe qu'Emily se rendit compte qu'elle avait oublié ses devoirs. Dans la précipitation du matin, elle avait certainement dû les laisser sur son lit, songea-t-elle.

Comme M. Lewis, leur professeur de physique, n'était pas encore arrivé, elle décida de filer les chercher.

— Je reviens tout de suite, dit-elle à Grace. J'ai oublié mes devoirs.

Puis elle se précipita dans les couloirs. Tout près

du boudoir, le téléphone mural sonnait. Emily marqua un temps d'hésitation, ne sachant pas si elle devait répondre ou non. Le cours allait commencer bientôt et bien que M. Lewis ait toujours eu quelques minutes de retard, elle ne voulait pas arriver après lui. D'un autre côté, elle ne pouvait ignorer la sonnerie du téléphone. Et si c'était un coup de fil important ?

— Allô, dit-elle en décrochant finalement le combiné.

— Allô, lui répondit une voix de femme avec un accent moitié français, moitié anglais. Je suis Élise Armand et j'aimerais parler à ma fille, Isabelle, si elle est là. Merci.

— Heu…, bafouilla Emily, les yeux écarquillés de surprise. Isabelle est en cours de physique. Vous voulez lui laisser un message ?

— Oui, pourrais-tu lui dire, s'il te plaît, que cela fait plusieurs fois que j'essaie de la joindre sur son portable, mais que je n'y arrive pas.

— Je crois qu'il est cassé, lui expliqua Emily avec tact.

Elle revoyait encore Isabelle envoyer son téléphone s'écraser contre le mur du studio.

— Je comprends mieux. Cela fait des jours que j'essaie de lui dire que j'étais désolée d'avoir oublié son anniversaire. J'ai fini par croire qu'elle avait perdu son portable.

– Oh! s'exclama Emily. On ne savait pas que c'était son anniversaire. Quand était-ce?

– Le 18.

Il y eut un silence.

Puis Mme Armand reprit la parole:

– Bref, il serait gentil de ta part de lui faire passer le message. Dis-lui aussi que je viens de lui envoyer un colis.

– Comptez sur moi, madame Armand. Je le lui dirai. Au revoir.

Emily reposa le combiné, encore sous le choc de ce qu'elle venait d'apprendre. Le mois de février étant déjà bien entamé, cela faisait donc plus de deux semaines que l'anniversaire d'Isabelle était passé! Elle se rendit compte soudain que la violente dispute au téléphone dont elle avait été témoin avait eu lieu à peu près au même moment.

Oublier l'anniversaire de sa fille! songea-t-elle. Pas étonnant qu'Isabelle ait été déçue de ne pas recevoir de courrier. Personne ne lui avait souhaité joyeux anniversaire… C'était horrible!

Emily se dépêcha d'aller récupérer ses devoirs dans le dortoir avant de retourner en cours de physique. En s'asseyant à côté de Grace, elle jeta un coup d'œil à Isabelle, qui était comme d'habitude assise seule au premier rang.

Emily baissa les yeux sur son agenda, pensive. Elle n'avait pas de mal à deviner pourquoi Isabelle n'avait rien dit. Qui aurait eu envie de s'apercevoir que personne à l'école ne l'appréciait suffisamment pour avoir envie de lui souhaiter son anniversaire ? Déjà que sa propre mère ne s'en souciait guère.

Il y eut du retard dans le courrier à cause du mauvais temps. Les lettres et les colis ne furent triés et déposés au réfectoire qu'après le déjeuner. Laura prit le courrier adressé aux élèves de sixième et parcourut rapidement les lettres.

— Tiens ! Il y a quelque chose pour Isabelle, aujourd'hui.

Emily jeta un coup d'œil intrigué.

— Et ce n'est pas tout, reprit Laura. Il y aussi un paquet.

— Enfin ! s'exclama Grace en haussant les sourcils. Je crois qu'Isabelle a abandonné tout espoir de recevoir quelque chose.

Les filles remontèrent au dortoir et Laura fit la distribution du courrier. Isabelle la fixa d'un air incrédule quand elle lui tendit la carte postale et le colis. Isabelle prit la carte et la parcourut rapidement avant de la jeter dédaigneusement sur son lit.

Elle ne prit pas la peine d'ouvrir le paquet, se contentant de le fourrer au fond de son armoire sans même y jeter un coup d'œil.

Puis elle se rendit en cours d'anglais avec dix minutes d'avance.

Emily esquissa une grimace.

— Je me demande ce qu'il y avait dedans…, dit-elle à voix haute.

— Je ne voudrais pas paraître indiscrète, déclara Laura, mais je n'ai pas pu m'empêcher de voir que la carte avait été postée à New York et que c'était écrit en français.

— Oh…, souffla Sophie dépitée. Que c'est chic ! À côté de ça, la lettre de ma tante Lily, écrite en anglais et postée à Manchester, fait minable !

Emily ne dit rien, mais elle pensait savoir de quoi il s'agissait.

— Je vais me rafraîchir les idées avant le cours d'anglais, annonça-t-elle en se levant de son lit.

Avec le chauffage à fond, il faisait une chaleur étouffante dans le dortoir. Emily se disait que cela lui ferait le plus grand bien de respirer quelques bouffées d'air frais. Mais ce qu'elle n'osa pas avouer aux autres était qu'elle avait un message pour Isabelle et que c'était surtout pour ça qu'elle se dépêchait de la rattraper. Isabelle n'aurait certainement pas voulu que tout le monde sache que sa mère avait oublié son anniversaire.

Par chance, Isabelle était seule dans la classe d'anglais.

Emily alla droit au but :

– Isabelle, je voudrais te parler. Ta mère t'a appelée, ce matin.

Il y eut un silence.

– Tiens donc, lâcha Isabelle avec indifférence. Mme Hall m'a dit qu'elle n'avait pas arrêté d'appeler. Mais je n'ai pas envie de lui parler.

– Elle m'a demandé de te transmettre un message : elle est désolée d'avoir oublié ton anniversaire et elle t'a envoyé un colis.

Emily marqua une pause avant de reprendre :

– Je crois que c'est celui qui est arrivé aujourd'hui, non ?

Isabelle haussa les épaules.

– Je m'en fiche.

Emily s'assit à sa place habituelle et poussa un profond soupir.

« Ça ne mène nulle part », songea-t-elle.

– C'est horrible que ta mère ait oublié ton anniversaire, Isabelle, dit-elle à voix haute. Je suis désolée.

Emily s'attendait à ce qu'Isabelle lui dise de se

mêler de ses affaires, comme d'habitude. Mais à sa grande surprise, Isabelle se contenta de soupirer, puis d'esquisser un semblant de sourire. Ses yeux trahissaient sa tristesse.

— Mon père avait oublié aussi. La carte était de lui. Tu dois te dire que personne ne m'aime, hein ? Pas même mes parents !

— Disons que…, voulut protester Emily qui n'avait jamais su mentir. Je ne sais pas quoi penser, admit-elle finalement.

Isabelle fit un signe évasif de la main et soupira encore. Elle resta un moment silencieuse puis avoua :

— C'est juste que je n'ai pas envie d'être ici.

— J'ai cru l'avoir remarqué !

— Ma mère pense que c'est ce qu'il y a de mieux pour moi, puisqu'elle va bientôt venir s'installer en Angleterre. Sauf qu'elle est toujours à Paris… Je me demande si elle va venir un jour.

Elle se tut à nouveau, dévisageant Emily avec attention, comme pour voir jusqu'à quel point elle pouvait se confier à elle.

— Mes parents n'arrêtent pas de se disputer. Du coup, plus aucun des deux ne s'occupe de moi. Ils ont trop à faire à se chamailler.

Emily se mordit la lèvre.

– C'est triste, convint-elle, mal à l'aise face à Isabelle qui la fixait toujours.

– Je trouve aussi. Je ne comprends pas comment ils en sont arrivés à ne plus s'aimer, comme ça, du jour au lendemain, confia-t-elle en claquant des doigts. Résultat : mon père vit aux États-Unis et ma mère n'arrive pas à se décider. Ils sont même trop occupés pour passer les vacances d'hiver avec moi !

Isabelle poussa encore un profond soupir et se tourna vers la fenêtre. Les yeux perdus dans le lointain, elle enchaîna :

– Trop occupés pour se souvenir de mon anniversaire…

– Tu as dû être déçue, avança timidement Emily.

« En fait, ce devait être horrible », pensa-t-elle au fond d'elle-même. Isabelle avait dû se sentir seule et abandonnée.

Isabelle hocha la tête.

– J'ai l'impression de n'être chez moi nulle part. Ma place n'est plus en France, mais elle ne l'est pas plus aux États-Unis, en Angleterre ou dans cette école.

– Isabelle, cela ne tenait qu'à toi de te faire des amis ici. Rien n'est perdu, tu sais.

– Pour quoi faire ? Ma mère pourrait très bien changer d'avis dans un mois et je rentrerais à Paris.

À moins qu'elle ne décide d'aller vivre en Australie ou au Japon. Il faut s'attendre à tout avec elle !

– Dans ce cas, prépare-toi aussi à devoir rester ici plus longtemps que prévu. Et là, tu ferais mieux de te faire des amis. J'en sais quelque chose, j'ai déménagé plusieurs fois l'année dernière. Cela ne m'a pas empêchée de garder mes amis, même s'ils sont loin.

Emily se pencha vers elle.

– Tu sais, la plupart des filles de l'école sont super sympas. Tu t'amuserais bien si tu les connaissais. Elles pourraient… t'aider à…

Isabelle se hérissa au mot « aider ». Ce n'était pas la bonne chose à dire à quelqu'un d'aussi fier qu'elle, comprit aussitôt Emily, mais il était trop tard.

Des bruits de pas dans le couloir leur firent tourner la tête vers la porte. Sophie riait à une blague de Laura mais s'interrompit net en apercevant Isabelle dans la salle de classe.

– Pfff…, souffla celle-ci en se raidissant.

Elle n'avait pas l'air convaincue par les paroles d'Emily.

Cher Journal,
J'ai appris des tas de choses sur Isabelle, aujourd'hui.
Je commence à mieux comprendre pourquoi elle était

si détestable avec tout le monde. J'imagine que je ne ferais pas d'efforts non plus pour m'adapter à un nouvel endroit si je ne pouvais pas être sûre d'y rester. Ce doit être encore plus déstabilisant de ne pas savoir dans quel pays on va vivre ! Et j'imagine aussi que c'est difficile de faire confiance aux gens alors que ses propres parents n'arrêtent pas de se disputer. On doit avoir l'impression que le monde entier s'écroule.

Je suis triste pour elle. Je n'ose même pas imaginer comment je me sentirais si mes parents avaient oublié mon anniversaire ou s'ils étaient trop occupés pour passer du temps avec moi ! Une chose est sûre, je n'aurais pas envie d'être gentille ni de sourire aux autres. Cela ne m'étonne pas qu'elle se jette à corps perdu dans la danse. C'est tout ce qu'il lui reste.

Qu'est-ce que je pourrais faire pour l'aider ? Elle a été tellement insupportable avec tout le monde ici qu'ils vont avoir du mal à lui pardonner. À moins qu'elle ne fasse le premier pas...

9

— Et si on jouait à quelque chose, plutôt ? proposa Emily en se plantant devant la télévision de la salle commune, les poings sur les hanches. On est dimanche après-midi. Il y a quelqu'un ? fit-elle en agitant les mains devant les visages mornes de ses amies. C'est le week-end. Vous savez, ces deux jours de la semaine où on a du temps pour s'amuser ? Arrêtez de faire cette tête d'enterrement !

Affalée sur un canapé, Grace fit la moue.

— C'est à cause des évaluations. Je te rappelle que c'est dans une semaine.

— Je sais, répondit Emily sans se laisser abattre. Mais ce n'est pas une raison pour déprimer. Ça ne sert à rien de stresser, et encore moins de s'abrutir devant la télé.

Sur ces mots, elle éteignit le poste, coupant court au feuilleton soporifique que certaines d'entre elles regardaient faute de mieux.

— Hé ! Il faut que je sache si grand-mère Bell va survivre à son opération ! protesta Sophie en essayant d'attraper la télécommande.

— J'ai vérifié dans le programme télé, on ne le saura pas avant mardi prochain, répliqua Emily en cachant la télécommande dans son dos. Allez, les filles ! On ne va quand même pas traîner là à ne rien faire. Et si on jouait à Action ou Vérité ? Je suis sûre qu'on va bien s'amuser.

Il y eut quelques grognements de contestation, mais Jade finit par laisser de côté le magazine qu'elle feuilletait négligemment et Grace mit un point final à la lettre qu'elle écrivait.

— Toi aussi, Isabelle, tu vas jouer avec nous, dit Emily d'une voix ferme. Pose ce livre tout de suite.

Les filles la dévisagèrent aussitôt sans comprendre. Sophie lui fit les gros yeux. Le cœur battant, Emily s'attendait à ce qu'Isabelle elle-même refuse son invitation.

D'ailleurs celle-ci parut tout aussi étonnée que les autres.

— Allez, joue avec nous, insista Emily. Pour une fois, faisons quelque chose toutes ensemble. Ça nous fera du bien de nous détendre un peu avant les évaluations. Je suis sûre que ça… nous aidera à moins stresser.

– Au point où on en est, convint Grace, ça ne peut pas nous faire de mal.

Contre toute attente, Isabelle posa son roman sur la table basse.

– D'accord. Jouons à quelque chose, déclara-t-elle. C'est quoi le jeu d'Action ou Vérité?

– Oh, c'est super facile, s'empressa de répondre Emily en essayant de ne pas trop laisser paraître sa joie.

Depuis leur brève conversation avant le cours d'anglais, une semaine plus tôt, Emily cherchait par tous les moyens à faire participer Isabelle à la vie de l'école. Ainsi lorsque Grace était restée clouée au lit mardi dernier, elle s'était assise à côté d'Isabelle. Ses efforts avaient été payants : cette dernière s'ouvrait un peu plus au fil des jours. Mais si Emily avait su gagner sa confiance, Isabelle restait toujours à l'écart des autres. Peut-être était-ce parce qu'elle n'avait pas eu l'occasion de se montrer sous son vrai visage, se disait Emily. Eh bien, l'occasion se présentait, maintenant!

Selon Emily, le jeu d'Action ou Vérité était ce qu'il y avait de mieux pour faire connaissance.

– C'est super simple, expliqua-t-elle. Si tu choisis Vérité, tu dois répondre à la question que te pose l'une d'entre nous. Attention, on n'a pas le droit de mentir. Si tu choisis Action, tu dois accepter de relever un défi. Si tu échoues, ou si tu ne dis pas la vérité…

— Tu as un gage ! s'écria Laura, les yeux pétillants de malice. Comme, par exemple, porter le linge sale de tout le dortoir à la buanderie pendant une semaine. Ou laver à la main les chaussettes sales de Sophie ! Je ne souhaite ça à personne, crois-moi !

Sophie exhiba ses pieds sous le nez de ses amies en gloussant.

Puis, un sourire amusé aux lèvres, elle se tourna vers Isabelle.

— Tu es sûre de vouloir jouer avec nous ? Tu vas peut-être devoir laver mes chaussettes, tu sais ? Attention, les chaussettes d'un « canard » ne sentent pas la rose !

Emily retint sa respiration.

« Oh non », se dit-elle. Pourquoi fallait-il que Sophie choisisse ce moment pour remettre cette histoire sur le tapis ?

Isabelle soutint le regard de Sophie sans ciller mais lui répondit avec une douceur inattendue :

— Je n'aurais pas dû dire ça. Tu ne danses pas comme un canard. Excuse-moi.

Sophie en resta bouche bée, ne s'attendant visiblement pas à des excuses.

– D'accord, fit-elle au bout d'un moment. C'est oublié.

– Bon, enchaîna aussitôt Emily. Trouvons le pire gage qu'on puisse imaginer. Voyons voir… Si on refuse de dire la vérité ou de relever le défi, il faudra…

– Se glisser dans le dortoir des garçons ! suggéra Laura.

– Et en rapporter une preuve, précisa Jade. Les chaussettes de Matt.

– Il faudra aussi exiger une rançon, intervint Sophie. On lui laissera une lettre explicative : s'il veut revoir ses chaussettes, il devra nous offrir une boîte de chocolats.

– Non, c'est vraiment pas sympa, remarqua Grace. Et puis, c'est trop compliqué à faire. Il faut trouver quelque chose de plus simple.

– Qu'est-ce que tu proposes, alors ? demanda Sophie.

Grace haussa les épaules.

– Attends, je réfléchis.

Il y eut un long silence, puis Isabelle prit la parole avec un air de conspirateur :

– Et si on devait se lever à table en plein dîner et dire devant tout le monde qu'on est amoureuse de M. Top ?

Les filles éclatèrent de rire. C'était une idée géniale ! Emily adorait M. Top, leur professeur de maths, mais elle doutait que le vieux monsieur chauve au ventre rebondi n'inspirât un quelconque sentiment amoureux à ses élèves.

– C'est le pire des gages qu'on puisse imaginer, convint Sophie en lançant un regard admiratif à Isabelle. Je suis partante. Qui dit mieux ?

Grace frissonna.

– Brrr, c'est horrible. Personne ne va vouloir avoir de gage !

– Si tout le monde est d'accord, le gage sera donc de déclarer devant tout le monde qu'on est amoureuse de M. Top, résuma Emily en adressant un sourire complice à Isabelle. Bon, je veux bien commencer le jeu. Et je choisis… Vérité. Maintenant vous devez me poser une question, n'importe laquelle, précisa-t-elle à l'attention d'Isabelle. Mais pitié, ne soyez pas trop dures avec moi !

– Tu peux toujours rêver ! s'exclama Laura en pouffant de rire. Voyons… Qu'est-ce qu'on aimerait bien savoir sur notre petite Emily Brown ?

– Emily, dis-nous la vérité, fit Kate d'un air solennel. Est-ce que tu ne craquerais pas un peu pour Matt Haslum ?

Emily arrondit les yeux.

— Matt Haslum ? s'étrangla-t-elle. Mais pas du tout ! C'est juste un copain.

— J'espère que tu nous dis la vérité, la prévint Sophie. Vous avez l'air vraiment très proches, surtout en cours de danse de caractère… Alors, tu es sûre qu'il n'y a rien de plus entre vous ?

— Puisque je vous le dis ! assura Emily en feignant d'être indignée. Matt et moi sommes juste de bons amis.

— Est-ce qu'on la croit ou est-ce qu'on lui donne un gage ? demanda Laura avec un sourire en coin.

— On la croit, déclara Grace. Emily, tu as passé avec succès l'épreuve de vérité.

— À mon tour, maintenant, fit Laura. Je choisis Action. Allez-y, les filles, je vous écoute.

— Action…, répéta Isabelle. On doit te proposer un défi à relever, c'est ça ?

— Oui, tu as tout compris, acquiesça Jade. Tu as quelque chose en tête, Isabelle ? N'hésite pas. Pire c'est, mieux c'est.

Tous les regards se tournèrent vers Isabelle qui hésita un instant, les sourcils froncés.

— Laissez-moi réfléchir…

— Et si Laura devait embrasser Oliver Stafford ? suggéra Grace.

– Non, c'est trop horrible, jugea Emily en haussant les épaules. Même pour Laura.

– Lui envoyer une carte pour la Saint-Valentin ? proposa à son tour Sophie. On est bientôt le 14 février. Voilà : on te met au défi d'envoyer une carte à Oliver pour la Saint-Valentin et de la signer de ton nom.

– Oh non ! s'écria Laura, désespérée.

– Oh si ! s'exclamèrent les autres d'une seule voix.

– Alors, tu relèves le défi ? s'enquit Emily avec un rictus triomphant.

Laura émit un grognement suivi d'un long soupir.

– Je ne vous considère plus comme mes amies à partir de maintenant, mais oui, j'accepte de relever le défi.

– Tu es coriace, admit Sophie, qui n'en revenait pas de l'audace de son amie. Bravo ! On savait qu'on pouvait compter sur toi, Laura.

Puis elle se leva et se dirigea vers l'armoire des fournitures de bureau.

– Pour être sûre que tu n'oublieras pas de le faire, reprit-elle en lançant un clin d'œil aux autres… Je suggère que tu le fasses maintenant ! Tiens, voici un très beau papier rouge. Ça fera une jolie carte.

Emily se tourna vers Isabelle pour voir comment elle prenait les choses jusque-là et constata avec plaisir qu'elle s'amusait beaucoup de la moue dépitée de Laura.

— Bon, d'accord, grommela Laura en prenant la feuille rouge, le stylo doré et les paillettes que lui tendait Sophie.

Laura plia la feuille en deux et dessina un gros cœur dessus.

— Qu'est-ce que je dois écrire? voulut-elle savoir.

— J'aimerais me noyer dans le bleu océan de tes yeux…, déclama Sophie d'un air grandiloquent.

Laura fronça les sourcils.

— Je croyais qu'il avait les yeux bruns, objecta-t-elle.

Sophie sourit jusqu'aux oreilles et répondit, hilare :

— Justement. Autant nous moquer de lui au passage. Il sera vexé comme un pou.

Grace secoua la tête.

— Non, ce serait beaucoup plus drôle de lui faire une vraie grande déclaration d'amour. Que pensez-vous de : « L'Irlande se dévoile dans tes yeux et… »

— Non, protesta Laura. Pas d'allusion à l'Irlande, sinon il saura que ça vient de moi.

— Je te rappelle que tu dois signer la carte, répliqua Emily. Tu n'as pas le droit de te dégonfler maintenant, Laura McCloud, sinon… ce sera à M. Top que tu devras déclarer ta flamme !

Laura fit la grimace.

– Je vous déteste ! Quand je pense que je vous considérais comme mes amies…

– Et si tu écrivais en français ? suggéra Emily qui essayait encore une fois d'impliquer Isabelle au jeu. C'est la langue des amoureux, non ?

Laura hocha la tête, le visage soudain plus lumineux.

– Oliver est tellement bête qu'il n'y comprendra rien ! C'est parfait. Tu pourrais m'aider, Isabelle ?

– Bien sûr, acquiesça celle-ci, ravie qu'on lui demande quelque chose. Je sais ! s'écria-t-elle au bout d'un moment. Tu n'as qu'à commencer par : « Oliver, mon chou, je t'adore. »

– « Mon chou », répéta Laura d'un air perplexe. Je croyais que c'était un légume ?

– Oui, c'est vrai, mais c'est aussi un petit nom qu'on donne à quelqu'un qu'on aime bien.

Un fou rire général accueillit cette explication.

– Génial ! glapit Sophie qui arrivait à peine à reprendre son souffle. C'est absolument génial, Isabelle !

Laura écrivit sous la dictée d'Isabelle puis colla

des paillettes un peu partout sur la carte avant de la glisser dans une enveloppe.

— Et voilà! fit-elle en la posant bien en évidence sur son lit. Une carte de Saint-Valentin pour M. Oliver Stafford, une!

— À qui le tour, maintenant? s'enquit Jade.

Elle hésita un instant et demanda:

— Isabelle?

Isabelle ne répondit pas tout de suite, mais elle finit par accepter:

— Je ne vais pas prendre Action, parce que si je dois envoyer une carte de Saint-Valentin à Oliver Stafford, j'aurai tellement honte que je devrai changer de nom et de pays.

Laura gloussa.

— Je te comprends. D'ailleurs, je me demande si ce n'est pas ce que je devrais faire... Ça veut dire que tu prends Vérité, alors?

Isabelle acquiesça, un peu inquiète de ce que les filles allaient lui poser comme question.

— Je vous préviens tout de suite, déclara-t-elle avec un sourire malicieux, si vous me demandez quelque chose de trop horrible, je ferai semblant de ne pas comprendre l'anglais!

— Comme si on pouvait te croire! rétorqua Emily.

– Bon… Qu'est-ce qu'on pourrait te demander ? réfléchit Sophie à voix haute.

Un long silence suivit. Il y avait tellement de questions que les filles brûlaient de poser à Isabelle ! Seulement voilà, aucune d'elles ne se sentait le courage de lui en poser une trop personnelle…

Grace, qui n'avait cependant toujours pas digéré la manière dont Isabelle l'avait agressée, prit une profonde inspiration et lui demanda sans détour :

– Pourquoi détestes-tu autant l'école du Royal Ballet ? Je te rappelle que tu dois répondre franchement.

Emily retint sa respiration, persuadée qu'Isabelle ne répondrait jamais à une question aussi directe. Elle n'aurait d'ailleurs pas été étonnée de la voir quitter la pièce brusquement sans dire un mot. « S'il te plaît, joue le jeu jusqu'au bout, supplia-t-elle en elle-même. Dis-leur ce que tu penses. Elles comprendront, j'en suis sûre. N'aie pas peur. »

Isabelle se frotta les doigts l'un contre l'autre.

– Je ne déteste pas votre école, déclara-t-elle en détachant chaque mot. C'est juste que…, poursuivit-elle en lançant un regard à Emily. Je ne m'y sens pas bien.

Un silence pesant vint assombrir les visages

jusque-là radieux. Les filles étaient trop embarrassées pour dire quoi que ce soit. Si n'importe laquelle d'entre elles avait avoué ne pas se sentir bien, les autres auraient aussitôt fait leur possible pour la réconforter et lui remonter le moral. Seulement voilà, Isabelle avait passé le plus clair de son temps à se montrer odieuse avec tout le monde…

– Je ne voudrais pas me mêler de ce qui ne me regarde pas, finit par dire Grace, mais… pourquoi ?

– La France te manque ? demanda Laura avec douceur.

Laura avait elle-même eu beaucoup de mal à quitter l'Irlande et sa famille. Elle avait même failli ne pas revenir à l'école après les vacances de Noël !

– Non, ce n'est pas ça, expliqua Isabelle.

Elle marqua une longue pause, se demandant certainement comment elle allait leur expliquer ce qu'elle ressentait, se dit Emily.

– Il n'y a plus rien qui ne me retienne en France, avoua Isabelle en faisant tourner une bague à son doigt. Mes parents sont en train de divorcer. Tout change autour de moi. Je leur en veux de se séparer, de se chamailler tout le temps… et de m'avoir envoyée ici.

Elle prit une profonde inspiration et dévisagea les filles l'une après l'autre.

— Je sais que je n'ai pas toujours été très gentille avec vous, poursuivit-elle en fixant Grace dans les yeux et en se mordant la lèvre. C'est juste que je n'avais pas envie d'être là. Je sais que ce n'est pas une raison et... Je vous demande pardon, soufflat-elle dans un murmure, les yeux toujours fixés sur Grace.

Un silence gêné suivit la déclaration d'Isabelle jusqu'à ce que Grace reprenne la parole :

— Ne t'inquiète pas, c'est oublié.

— Pas de problème, renchérit Sophie.

— On comprend, assura Emily.

Mais Isabelle n'avait pas fini. Elle essuya d'un revers de main une larme qui coulait le long de sa joue et poursuivit :

— Tant qu'on vivait à Paris, je pensais que les choses pouvaient encore s'arranger. Mais quand ma mère m'a dit qu'on déménageait, j'ai compris que c'était sans espoir.

— C'est terrible, dit Laura en lui tendant un mouchoir en papier.

— Est-ce que tu as parlé à ta mère ? s'enquit Jade. Peut-être que si tu lui disais ce que tu ressens, elle pourrait...

Isabelle secoua la tête.

— J'ai cassé mon téléphone. J'étais tellement en

colère qu'elle ait oublié mon anniversaire que j'ai envoyé mon portable contre le mur.

— Elle a oublié ton anniversaire ? répéta Sophie, stupéfaite. Ta mère ? C'est dingue !

Isabelle acquiesça.

— Oui, elle l'a oublié. Mon père aussi l'a oublié… Ils sont tellement occupés qu'ils ne vont même pas venir me voir pendant les vacances. Vous comprenez maintenant pourquoi je suis toujours de mauvaise humeur ?

— Tu peux utiliser mon téléphone, si tu veux, proposa gentiment Jade. Que ce soit pour vous réconcilier ou pour leur dire ce que tu penses vraiment. Mais promets-moi de ne pas l'envoyer contre le mur, ajouta-t-elle pour la taquiner.

Sophie se pencha vers Isabelle.

— C'était quand exactement ton anniversaire ? Je me demandais de quel signe tu es. J'ai cru un moment que tu étais Scorpion, avec un tempérament de feu, mais en fait, tu dois être…

— Capricorne.

— Évidemment ! Tu ne nous a pas fait devenir chèvres pour rien ! Ne le prends pas mal, hein ?

— Est-ce que tu as fini par ouvrir le colis de ta mère ? demanda aussitôt Emily pour faire diversion.

« Il ne manquerait plus qu'elle se vexe », se dit-elle en maudissant Sophie de toujours mettre les pieds dans le plat.

— On a vu que tu l'avais fourré dans ton armoire, enchaîna Emily. Peut-être qu'elle t'a envoyé un super cadeau pour se faire pardonner.

— Ouvre-le, fit Laura, les yeux pétillants de curiosité. On meurt d'envie de savoir ce que c'est.

Un sourire vint illuminer le visage d'Isabelle.

— D'accord, convint-elle. Je vais le chercher.

Elle quitta la pièce pour se rendre au dortoir, laissant les filles perplexes derrière elle.

— Je ne savais pas…, murmura Sophie. Pas étonnant qu'elle ait été aussi odieuse !

— N'importe qui l'aurait été, à sa place ! fit Jade.

— Pauvre Isabelle, conclut Grace en secouant la tête. Comme ce doit être triste !

Isabelle revint quelques minutes après, le colis que sa mère lui avait envoyé sous le bras.

Il y avait à l'intérieur plusieurs paquets emballés dans du papier cadeau. Le premier qu'elle ouvrit contenait un téléphone portable, ce qui fit rire tout le monde.

— Ma mère veut absolument me parler ! grommela Isabelle. Je vais essayer de ne pas casser celui-ci… du moins jusqu'à notre prochaine dispute !

Dans le deuxième paquet, il y avait une magnifique boîte de chocolats.

— Dommage qu'on n'ait pas le droit d'avoir de la nourriture dans le dortoir, fit Isabelle en feignant d'être déçue. On va être obligées de les manger tout de suite ! Vous ne voudriez quand même pas que Mme Hall me les confisque ?

— Oh non ! répondirent les filles dans un éclat de rire.

Emily était aux anges. Elle avait eu raison finalement !

Comme c'était agréable de voir Isabelle plaisanter avec tout le monde. Cela n'avait pas été facile de la convaincre de leur faire confiance, mais Emily avait réussi !

Après plusieurs tours d'Action ou Vérité (et une énorme boîte de délicieux chocolats !) Emily se leva d'un bond.

— Je crois que plus personne n'a de secret à dévoiler, maintenant ! s'exclama-t-elle.

— Tu as raison, acquiesça Sophie. Ça suffit pour aujourd'hui. Si on continue, il faudra que j'en invente exprès !

— Plus de défi à relever pour moi ! se lamenta Laura. J'en ai plus qu'assez.

– Merci pour les chocolats, dit Emily avec un sourire chaleureux. On s'est régalées. Moi, je vais aller m'entraîner un peu. Est-ce que quelqu'un veut m'accompagner ?

Sophie s'étira en bâillant.

– Je suis beaucoup trop fatiguée pour ça. Et en plus, je crois qu'il y a un super film à la télé, confessa-t-elle.

Grace se leva.

– Je te rejoins. J'ai juste un coup de fil à passer à ma mère.

Emily partit travailler sa danse le cœur léger. Isabelle avait passé un après-midi entier avec les filles et tout s'était bien passé ! Pas une dispute, pas une étincelle ! « Croisons les doigts pour que ça continue », se dit-elle en poussant la porte du studio.

Après s'être bien échauffée, Emily décida de travailler le fameux pas de bourrée piqué qui lui donnait tant de fil à retordre. Comme elle n'avait pas le droit de s'entraîner sur pointes, elle le ferait sur demi-pointes, avec des chaussons souples. Le principal était de revoir la position de son corps. Elle avait en effet tendance à trop se pencher en arrière, ce qui lui faisait perdre l'équilibre presque à tous les coups.

Emily s'était placée en cinquième et s'apprêtait à exécuter le pas quand la porte s'ouvrit pour laisser passer Grace… et Isabelle!

Cette dernière vint directement à la rencontre d'Emily tandis que Grace enfilait ses chaussons.

– Merci, Emily, souffla-t-elle. Je te remercie de m'avoir demandé de jouer à Action ou Vérité avec vous. Tu avais raison, tout le monde a été adorable avec moi.

– Je suis contente que ça t'ait plu. Je savais que tout se passerait bien, ajouta Emily avec un clin d'œil.

– Si je peux faire quelque chose pour toi, n'hésite pas…

Emily esquissa un rictus réjoui.

– J'attendais justement que tu me le demandes. Je n'arrive toujours pas à me positionner correctement pour le pas de bourrée piqué.

Ayant fini de se préparer, Grace vint les rejoindre.

– Hum… Je sais que tu as aidé Emily pour le temps levé, fit-elle avec un sourire timide. Est-ce que tu pourrais me donner un coup de main, aussi?

Isabelle éclata de rire.

– Je vous aiderai toutes les deux avec plaisir! C'est à ça que servent les amies, non?

— Oui, acquiesça Emily, radieuse. C'est à ça que servent les amies.

Cher Journal,

Incroyable mais vrai : Isabelle a passé l'après-midi avec nous et tout s'est bien passé ! Après avoir joué à Action et Vérité, on est allées s'entraîner avec Grace. J'ai travaillé le pas de bourrée piqué sur demi-pointes. Pour que j'évite de me pencher en arrière, Isabelle a posé sa main dans mon dos. Et ça a marché ! Je me sens beaucoup plus sûre de moi, maintenant. Isabelle a également aidé Grace, qui n'a désormais plus aucun problème avec ses temps levés ! Isabelle a fait une drôle de tête quand Grace lui a sauté dans les bras, mais je crois qu'au fond, elle était contente. C'est génial, non ?

L'atmosphère est nettement plus détendue dans le dortoir depuis que les filles ont eu la preuve qu'Isabelle pouvait être sympa.

Je t'écris allongée sur mon lit, en pyjama et prête pour la nuit. Jade vient de demander à Isabelle de l'aider à apprendre ses tableaux de conjugaison française. Elles sont maintenant toutes les deux en train de réviser les temps du conditionnel. Isabelle n'est plus la même. J'ai l'impression qu'elle a changé physiquement. Ce doit être le sourire. J'espère que ce n'est pas seulement dû à la tonne de chocolat qu'on a mangé !

Bon, il faut que j'y aille. Je veux passer un coup de fil à Chloé pour décider de ce qu'on va faire pendant les prochaines vacances. J'ai hâte d'y être... Sauf qu'il y a d'abord les évaluations. Rien que d'y penser, j'en suis malade !

10

– Je me sens pas bien, se lamenta Grace en se tenant le ventre. Et c'est de pire en pire…

– Mais non, tout va bien, la rassura Emily.

Elle passa un bras autour des épaules de son amie et l'entraîna vers le grand studio Pavlova où avaient lieu les évaluations.

– Tu dois avoir faim, c'est tout, reprit Emily. Tu n'as rien mangé au petit déjeuner.

– C'est normal, je suis malade, gémit Grace. Je sens que je vais m'évanouir avant même que ça commence ! Il me faut du sucre, sinon…

– Tu vas très bien t'en sortir, l'interrompit Emily avec fermeté. Tu vas être absolument fabuleuse ! J'en mettrais ma main à couper.

Ce fut alors qu'elle aperçut Sophie, toute pâle et chancelante.

– Ça va, Sophie ?

Celle-ci esquissa un sourire forcé.

– Bof. C'est toujours comme ça. D'habitude, les Lion adorent être le centre du monde, mais pour une fois qu'il y a des gens venus exprès pour me regarder, je n'ai plus qu'une envie : me cacher dans un trou de souris… Je suis sûre que je vais me ridiculiser.

– Dans ce cas, pense à autre chose. Pense au repas de midi ! lui suggéra Jade. Qu'est-ce qu'il va y avoir au menu ?

– Des frites, lui répondit aussitôt Sophie. Et de la mousse au chocolat en dessert ! ajouta-t-elle avec enthousiasme. On l'aura bien mérité !

– Oh, ne parle pas de nourriture, s'il te plaît, la supplia Grace. Je sens que je vais vomir…

Comme elles arrivaient devant la porte du studio Pavlova, le silence se fit.

Emily sentait son cœur battre la chamade et ses mains devenir moites. C'était derrière cette porte que tout allait se passer, que leurs efforts allaient être jugés.

Elle sentit une main se poser sur son bras.

– Bonne chance, Emily.

C'était Isabelle, qui lui adressait un grand sourire.

– Merci, lui répondit Emily. Bonne chance à toi aussi.

– On va toutes en avoir besoin, intervint Sophie avec une grimace.

– C'est bien vrai, acquiesça Grace d'une voix blanche.

Sur ces mots, elles firent leur entrée dans le studio. Lynette Shelton, la directrice du Royal Ballet, les attendait, accompagnée de son directeur-adjoint et de trois examinateurs extérieurs à l'école. Les cinq membres du jury étaient assis à une longue table sur le côté de la pièce.

– Bonjour, tout le monde, fit Mlle Shelton avec un sourire engageant. Je crois que vous connaissez tous M. Dowling, le directeur-adjoint. Et voici Mlle Blackwood, M. Bourne et M. Lowe.

La directrice marqua une pause et les examinateurs saluèrent les élèves d'un léger signe de tête.

– Je suis sûre que vous avez beaucoup travaillé, reprit-elle. Alors détendez-vous et prenez plaisir à nous montrer ce que vous savez faire. Il n'y aura aucune mauvaise surprise.

Des rires nerveux fusèrent, tandis qu'Emily gardait les lèvres serrées, trop occupée à vérifier que les lacets de ses chaussons étaient bien fixés. « Dans moins de deux heures, ce ne sera plus qu'un souvenir », se dit-elle pour ne pas céder à la panique.

— Mademoiselle Wells, voulez-vous commencer votre cours ? demanda Mlle Shelton.

Mlle Wells hocha la tête et se tourna vers ses élèves.

— Vous êtes prêtes ? Alors, commençons.

Comme d'habitude, il y eut les exercices d'échauffement, mais Emily n'arrivait pas à se détendre. Le cœur battant, elle sentait le stress monter de plus en plus. Elle se mit alors à respirer profondément entre chaque mouvement, tout en essayant de se concentrer sur son corps pour n'oublier aucun détail. Les séries de pliés et tendus la remirent en confiance et elle attaqua les battements fondus à quarante-cinq degrés avec le cœur plus léger. Il s'agissait de dégager une jambe d'un cou-de-pied en croix en avant, sur le côté et en arrière.

— Maintenez bien le milieu de votre dos, leur rappela Mlle Wells. Et montez sur demi-pointe.

Emily s'efforçait de se souvenir de tout ce que le professeur leur avait appris sur les battements fondus. Chaque mouvement devait être fluide et les deux jambes devaient travailler de façon coordonnées et sans à-coups. Emily essaya d'être le plus gracieuse possible et monta sur demi-pointe. Elle inspira profondément en tenant la position, tout en se gardant de penser aux membres du jury qui les scrutaient attentivement à quelques mètres de là.

– Très joli, les complimenta Mlle Wells tandis que les filles finissaient une série de petits allégros.

Pour l'instant, tout se passait bien. Ensuite, les exercices à la barre, les adages et les pirouettes ne présentèrent aucune difficulté particulière.

– Et maintenant, le temps levé, déclara Mlle Wells.

Emily croisa le regard d'Isabelle et esquissa une grimace. Isabelle lui fit un clin d'œil et l'encouragea d'un signe de tête.

– Ne t'inquiète pas, articula-t-elle en silence.

Laura passa la première. Emily vit que son amie avait le trac rien qu'à la pâleur de son visage. Ses cheveux de feu et ses taches de rousseur n'en ressortaient que plus vivement. Malgré sa nervosité, Laura s'en tira à merveille.

Puis vint le tour de Jade, qui s'en sortit pas mal non plus. Grace fit également une belle prestation et un sourire de soulagement vint enfin éclaircir son visage.

Ce fut ensuite le tour de Sophie, qui fit un pas en avant sur sa jambe droite en levant les bras vers le haut, puis vers l'extérieur. Elle fit un saut en maintenant la position, la jambe arrière baissée.

« Pour l'instant, c'est bon, pensa Emily. Vas-y, Sophie, tu peux le faire ! »

Emily ne quitta pas son amie des yeux tandis qu'elle exécutait le pas sur le pied gauche, cette fois-ci. Malheureusement, la pauvre Sophie manqua la réception de son saut et s'écroula au sol !

Emily osait à peine la regarder se relever, le visage rouge de honte, pour finir son mouvement. Sophie avait les mains qui tremblaient et la bouche grimaçante. Que le moment était mal choisi pour tomber !

Vint le tour d'Emily. Les mains sur les hanches, elle prit une profonde inspiration avant de s'élancer.

« Ne pense pas à ce qui est arrivé à Sophie, se dit-elle. Ne pense pas à elle. Pense à tendre tes bras, à faire une belle arabesque, à avoir la tête bien droite… »

Et la voilà en appui sur son pied droit, sautant avec énergie en l'air, les bras bien tendus, gracieux et enchaînant avec des sauts de chat nets et précis comme le lui avait appris Isabelle.

Emily compta les temps dans sa tête et se remit en position pour exécuter le temps levé sur l'autre pied. « Ne te penche pas en arrière. Suis le mouvement de ton bras avant », entendait-elle encore

Isabelle lui répéter. Avant même qu'elle ne s'en rende compte, son tour était passé ! Elle avait réussi !

Alors qu'elle rejoignait Laura et les autres à la barre, quelqu'un se mit à applaudir derrière elle. C'était Isabelle qui la félicitait, un sourire radieux sur les lèvres.

Emily ne put s'empêcher de glousser et les autres se mirent à rire aussi. L'atmosphère se détendit enfin un peu.

Puis Isabelle parut se rappeler où elle se trouvait et rougit comme une pivoine.

– Excusez-moi, fit-elle à l'attention des membres du jury que son enthousiasme semblait amuser.

Isabelle fut la dernière à passer et elle exécuta une série de temps levés absolument parfaits.

Emily sourit en voyant les professeurs inscrire leurs notes. Qu'y avait-il à redire après le passage d'une danseuse aussi douée ?

Vinrent ensuite les exercices sur pointes. Emily rejoignit les autres sur le côté du studio pour enfiler ses chaussons de pointes. Ses mains étaient de nouveau toutes moites. Le moment de vérité était arrivé.

Après les séries de levés et d'échappés à la barre, Mlle Wells leur demanda de se mettre au milieu.

« C'est parti! songea Emily en essayant de respirer calmement. Vous pouvez le faire! » dit-elle à ses pieds.

En commençant le pas de bourrée piqué, Emily eut l'étrange impression de sentir la main d'Isabelle qui maintenait son dos en place pour garder le poids de son corps en avant, comme à l'entraînement.

– Levé, côté, levé, fermé, scanda Mlle Wells. Levé, côté, levé, fermé.

Emily était tellement concentrée qu'elle ne pensait à rien d'autre qu'à rester en équilibre sur l'extrémité de ses orteils.

Montée sur la pointe gauche, elle s'efforçait toujours de garder le poids de son corps en avant et de maintenir le dos droit. Quel soulagement quand elle resta parfaitement en équilibre sur un pied avant de faire un pas de côté et de transférer le poids du corps sur l'autre jambe! Elle faillit sauter de joie, mais se retint pour lever cette fois le pied gauche et se retrouver en équilibre sur la pointe droite, le dos toujours bien droit. Elle avait réussi! Il lui fallut faire un effort surhumain pour ne pas se tourner vers Isabelle et lui montrer sa joie.

« Reste concentrée, Emily, se rappela-t-elle. Reste concentrée. Ce n'est pas encore fini. »

Avoir parfaitement exécuté le temps levé et le pas de bourrée piqué qui lui avaient causé tant de problèmes donna des ailes à Emily pour les dernières minutes des évaluations. Tout lui semblait facile à faire. Comme il était alors agréable de danser !

– Et… Merci, dit enfin Mlle Wells.

Le visage d'Emily s'illumina. Les évaluations étaient finies !

Emily était exténuée pour le reste de la journée. Maintenant que tout était passé, elle se laissa aller à un immense sentiment de soulagement.

Tout le monde avait l'air mort de fatigue, pensat-elle en embrassant le dortoir du regard, ce soir-là. Les évaluations les avaient toutes épuisées, autant physiquement que mentalement. Grace avait cependant retrouvé sa joie de vivre et n'arrêtait pas de remercier Isabelle pour l'avoir aidée avec le temps levé.

– Ne me remercie pas, protesta celle-ci en riant, alors que Grace insistait. C'est toi qui as tout fait. C'est toi que tu devrais remercier !

– Merci, moi, pouffa Grace en se laissant tomber sur son lit. Je raconte n'importe quoi… Je crois que je déraille complètement. Toute cette pression ! Heureusement que c'est passé.

— Il faut qu'on fête ça, intervint Sophie avec une moue dépitée. Il faut que j'oublie cette journée, parce que je n'arrête pas de me revoir tomber en plein milieu du temps levé. Après ça, je tenais à peine debout pour les exercices sur pointes. C'était horrible. Une vraie catastrophe ! Vous avez vu comme je me suis étalée par terre ?

— Ce n'était pas si mal, la rassura Emily, à moitié endormie.

Elle s'était tellement concentrée sur ses exercices sur pointes qu'elle n'avait pas vu que Sophie avait également loupé le pas de bourrée piqué. Sachant que Sophie avait toujours tendance à exagérer, Emily se dit que cela n'avait pas dû être aussi grave qu'elle le prétendait.

— Arrête de te faire du mal, Sophie. C'est fini, maintenant. Mais tu as raison pour une chose : il faut qu'on fasse une fête.

Au même moment, le téléphone d'Isabelle se mit à sonner. Elle se glissa à l'extérieur du dortoir pour décrocher.

— Ne jette pas ton téléphone contre le mur ! la taquina Jade.

Laura se releva subitement dans son lit.

— Je sais ! s'écria-t-elle tout excitée. Et si on faisait une fête d'anniversaire pour Isabelle ?

— C'est une bonne idée, convint Emily. Je crois que ça lui ferait vraiment plaisir.

— On pourrait rapporter un gâteau et des petits trucs à grignoter du self, suggéra Sophie. Je suis sûre que Mme Hall nous laissera faire si on lui explique tout.

— D'autant plus que c'est la dernière semaine avant les vacances et qu'on vient de passer les évaluations, renchérit Grace. Elle peut bien nous accorder ça !

Emily et Laura se rendirent sur-le-champ dans le bureau de Mme Hall pour lui exposer leur projet de fête. La surveillante n'y vit aucune objection et leur proposa même son aide. C'était le premier anniversaire que les filles de sixième allaient célébrer à l'école. Laura et Megan avaient eu leur anniversaire pendant les vacances de Noël. Elles l'avaient donc fêté chacune chez elles.

— Je suis contente de voir que vous vous entendez bien, maintenant, déclara Mme Hall. J'avais cru comprendre que les choses étaient un peu… tendues entre Isabelle et certaines d'entre vous.

— Effectivement…, avoua Emily qui rechignait à mentir. Mais tout va bien, maintenant. On s'entend toutes très bien.

– Parfait, fit Mme Hall. Alors, qu'allons-nous commander comme gâteau ? Qu'est-ce qui pourrait faire plaisir à Isabelle ?

– Du chocolat ! répondirent Emily et Laura d'une seule voix avant d'éclater de rire.

Une fois la fête d'anniversaire organisée, Emily n'eut plus que les prochaines vacances en tête. Elle aurait alors une semaine entière à passer avec sa mère, Steve et ses amies d'Oxford.

Toutes les filles du dortoir semblaient avoir des tas de projets. Grace et sa mère allaient passer quelques jours chez des cousins sur la côte. Laura et sa famille se retrouveraient chez ses grands-parents, dans le comté de Kerry, une magnifique région d'Irlande. Quant à Sophie et sa famille, ils allaient rendre visite à sa grand-mère à Blackpool, une ville balnéaire du nord de l'Angleterre.

Isabelle était la seule à ne pas attendre les vacances avec impatience. Comme sa mère n'avait pas pu se dégager de ses obligations, elle allait rester toute seule à l'école.

– Ça passera vite, assurait Isabelle lorsqu'on lui en parlait. Ne vous inquiétez pas pour moi. Je vais en profiter pour m'entraîner jour et nuit… jusqu'à votre retour.

Emily ne pouvait s'empêcher d'être triste pour elle. Rester toute seule à l'école alors que les autres passaient du bon temps avec leur famille…

Ce fut alors qu'elle eut une idée de génie. Elle se précipita aussitôt dans le boudoir pour téléphoner à sa mère.

– Allô, maman ? Je sais que je te demande ça un peu tard, mais tu crois que je pourrais inviter une copine chez nous pour les vacances ?

Elle résuma rapidement la situation.

– Bien sûr qu'elle peut venir ! lui répondit sa mère sans hésiter. On demandera aux Minton de nous prêter un lit de camp qu'on installera dans ta chambre. C'est une bonne idée, ma puce.

Après avoir raccroché, Emily se dépêcha de regagner le dortoir où elle savait qu'elle trouverait Isabelle.

– Isabelle ! Je viens de demander à ma mère si tu pouvais venir à la maison pour les vacances et elle m'a dit oui. Ça te dirait de passer une semaine à Oxford ?

Isabelle la dévisagea avec surprise.

– C'est vrai ? Tu m'invites chez toi ? balbutia-t-elle les joues en feu.

Puis elle bondit de son lit et courut se jeter dans les bras d'Emily.

— Merci, Emily ! Merci ! Tu es adorable ! J'accepte avec plaisir.

— Marché conclu, fit Emily en riant. En fait, c'est une ruse pour que tu ne puisses pas t'entraîner derrière notre dos. On a déjà du mal à te suivre !

Isabelle la serra encore plus fort dans ses bras.

— Tu es une super copine, Emily, déclara-t-elle la gorge nouée. Je te promets que je ne m'entraînerai pas de toute la semaine.

Elles éclatèrent toutes les deux de rire.

Au même moment, Laura passa la tête dans l'entrebâillement de la porte.

— Venez vite dans la salle commune, leur dit-elle en lançant un regard complice à Emily. On est en train de… regarder les garçons faire les fous par la fenêtre.

Isabelle ne semblait pas intéressée, mais elle se laissa entraîner par Emily.

— Allez, viens, insista celle-ci. Je suis sûre que c'est drôle.

Laura et Emily laissèrent Isabelle passer devant elles.

Quand Isabelle ouvrit la porte de la salle commune, toutes les filles s'écrièrent en chœur :

— Surprise !

Elles portaient un chapeau en papier et il y avait

des ballons de toutes les couleurs accrochés aux murs.

– Comme on a loupé ton anniversaire le mois dernier, on a voulu se rattraper, aujourd'hui, expliqua Laura avec un sourire radieux.

– Joyeux anniversaire ! reprirent-elles à l'unisson.

Isabelle poussa un cri de joie, les yeux brillants comme si elle allait pleurer.

– Vous êtes… adorables ! Et j'adore cet endroit !

– Tiens, fit Laura en lui tendant une assiette. Sers-toi.

Isabelle avait l'impression de rêver. Elle prit une poignée de cacahuètes et de chips puis s'aperçut qu'il y avait également un panier de sandwichs.

– Merci, bredouilla-t-elle. Je ne m'y attendais vraiment pas… Vous êtes de vilaines cachottières, ajouta-t-elle en brandissant un doigt accusateur.

– C'est vrai, convint Emily entre deux éclats de rire. Mais c'est comme ça que tu nous aimes, non ?

– Oui. Ne changez rien, surtout.

Quelques minutes plus tard, Sophie s'éclipsa pour revenir avec un énorme gâteau au chocolat orné de douze bougies.

– Ta-da ! lança-t-elle. Et voilà le plat de résistance !

— Wouah ! s'écria Isabelle. Tout ça pour moi ?

Les filles entonnèrent un tonitruant *Joyeux anniversaire* et Isabelle souffla ses bougies en une seule fois.

— Fais un vœu, lui rappela Emily.

— Pas besoin, rétorqua Isabelle en coupant le gâteau. Mon vœu vient de se réaliser, avoua-t-elle, les yeux pétillants. Je suis si heureuse de vivre à l'école du Royal Ballet avec vous !

— À l'école du Royal Ballet ! renchérit Sophie en levant son verre de jus de fruits.

— À la danse ! dit Jade.

— À l'amitié ! ajouta Emily.

Tandis que les filles trinquaient, un frisson de joie parcourut Emily. L'école du Royal Ballet, la danse et l'amitié… Que demander de plus ?

ABC de la danse

Méthode du Royal Ballet : programme d'enseignement étalé sur huit ans basé sur une méthode élaborée par l'école du Royal Ballet pour former des danseurs ayant une technique classique pure et solide.

Adage ou adagio : enchaînement de mouvements amples effectués sur un rythme lent permettant au danseur de tenir un équilibre et de prendre une pose de sculpture vivante.

Allegro, grand allegro, petit allegro : suite de mouvements bondissants exécutés sur un rythme rapide.

Arabesque (de l'italien « arabesco » : motif ornemental à la manière arabe) : pose en appui sur une jambe, le corps bien droit, pendant que l'autre, tendue en arrière, est levée à la hauteur (c'est-à-dire de manière à former un angle droit avec la jambe de terre).

Attitude : pose en appui sur une jambe, tandis que l'autre, légèrement fléchie, est levée à la hauteur (devant, derrière ou à la seconde).

Balancé : pas sur trois temps, le plus souvent de côté, qui se caractérise par le transfert du poids du corps d'un pied sur l'autre.

Barre : longue pièce de bois horizontale fixée au mur servant d'appui aux danseurs pour les exercices d'échauffement et d'assouplissement (ce qu'on appelle « le travail à la barre »).

Battement : lancé vif de la jambe libre à partir d'une des cinq positions. Il existe de nombreuses variétés de battement, entre autres, le grand battement, le petit battement, le battement frappé.

Battement fondu : battement dans lequel les deux jambes se plient et se tendent simultanément.

Battement frappé : petit battement où le pied de la jambe libre exerce une frappe (sur le cou-de-pied de la jambe de terre, par exemple).

Bras en première position basse (dite aussi position préparatoire) ou « bras bas » : les bras sont gracieusement arrondis à la hauteur du pubis de manière à maintenir un petit espace entre les doigts.

Chassé ou pas chassé : pas de déplacement où une jambe glisse sur le côté, en avant ou en arrière, vite rejointe par l'autre.

Cou-de-pied : partie supérieure du pied (ce qu'on appelle aussi, sans doute improprement, la « cambrure » du pied). L'expression « sur le cou-de-pied » désigne aussi une position où le pied pointé de la jambe fléchie vient se poser sur la malléole (la saillie osseuse de la cheville) de la jambe d'appui.

Croisé : une des huit orientations du corps du danseur par rapport au public. Dans le croisé, il se présente de trois-quarts, sur une diagonale, de façon à ce que la jambe de devant cache en partie la jambe de derrière.

Dégagé : mouvement de la jambe libre, très tendue, avec pointe piquante, qui passe d'une position fermée (première, troisième ou cinquième) à une position ouverte (seconde ou quatrième) en frottant le sol.

Demi-plié : légère flexion des genoux, qui restent bien au-dessus des orteils, sans décoller les talons du sol.

Demi-pointe : monter sur la demi-pointe, c'est se hisser seulement sur la partie avant du pied et non sur le bout des orteils, comme dans les pointes.

Développé : mouvement lent dans lequel la jambe libre monte en retiré le long de la jambe de terre pour se déployer (devant, derrière ou à la seconde) jusqu'à extension complète.

Échappé : mouvement vif qui commence en cinquième position et consiste en une ouverture simultanée des deux jambes à la seconde au moyen d'un glissé ou d'un sauté.

En croix : enchaînement qui commence en position fermée et comporte quatre pas : devant, à la seconde, derrière, et de nouveau à la seconde, dessinant une croix.

Fondu : terme qualifiant un mouvement avec demi-plié progressif sur la jambe d'appui suivi d'une remontée en douceur.

Fouetté : mouvement vif et vigoureux par lequel le danseur raccourcit (c'est-à-dire replie) la jambe libre dégagée en l'air et qui implique un changement de direction. Il existe un grand nombre de variantes.

Glissade : pas de parcours et de liaison qui consiste en un dégagé glissé de la jambe libre avec transfert de poids et se termine toujours en plié.

Grand battement : lancé vif de la jambe tendue en l'air, à la hauteur (à angle droit) ou à la grande hauteur, dont le danseur contrôle ensuite la descente.

Grand plié : flexion maximum des genoux pendant laquelle les talons quittent le sol (sauf en seconde où le pied reste à plat).

Pas de bourrée : pas de liaison composé de trois petits pas rapides sur la demi-pointe précédés d'un plié.

Pas de bourrée piqué : prise d'appui vigoureuse mais rapide de la jambe libre qui se plante au sol sur pointes ou demi-pointes, genou bien tendu pendant le pas de bourrée.

Pas de valse : pas glissé à trois temps (avec accentuation sur le premier temps de la mesure), qui s'accompagne d'un mouvement tournant.

Saut de chat ou pas de chat : gracieux saut de côté consistant en un retiré à la cheville de chacune des deux jambes successives puis en un temps de suspension pendant lequel elles sont toutes les deux repliées, évoquant alors la forme d'un diamant. Le danseur se reçoit sur une seule jambe, bientôt rejointe par l'autre.

Petit battement : passage très rapide du pied pointé de la jambe libre de l'avant à l'arrière ou de l'arrière à l'avant de la cheville de la jambe de terre.

Petite batterie ou batterie de croisement : terme générique désignant l'action des jambes qui se croisent pendant le temps de suspension d'un saut. Parmi les pas de la petite batterie, on peut citer l'entrechat.

Pirouette : tour complet du corps en appui sur une seule jambe.

Plié : flexion plus ou moins profonde des genoux. Il en existe deux sortes : les demi-pliés et les grands pliés.

Pointe : faire des pointes, danser sur pointes, c'est passer des demi-pointes, chaussons de danse souples, aux pointes, chaussons à bout dur renforcé en forme de cône, qui permettent aux danseuses de rester en équilibre sur l'extrémité des orteils.

Relevé : montée sur pointes ou demi-pointes d'une jambe tendue ou des deux.

Retiré : mouvement qui consiste à faire glisser le pied de la jambe libre le long de la jambe d'appui (ou jambe de terre) pour le monter à la hauteur du genou (ou de la cheville).

Révérence : geste de salut consistant en un plié des genoux et exécuté à la fin du cours en signe de remerciement et de respect.

Sauté : envolée de deux pieds sur deux.

Sissonne ou « pas de ciseaux » : saut de deux pieds sur un caractérisé par un déplacement en avant, en arrière ou sur le côté. Il comporte de nombreuses variantes.

Temps levé : petit saut d'un pied sur le même qui sert à donner de l'élan pour le pas suivant.

Dans la même série, tu peux lire :

Danseuse
à l'école du Royal Ballet

1. *L'audition*

Emily, dix ans, débarque tout juste des États-Unis pour s'installer en Angleterre. Un peu inquiète à l'idée de commencer une nouvelle vie dans une ville où elle ne connaît personne, elle est aussi folle de joie de pouvoir continuer ses cours de danse. La date fatidique du concours d'entrée à l'école du Royal Ballet approche. Sera-t-elle reçue et pourra-t-elle réaliser le rêve de sa vie : devenir danseuse ?

2. *Premier spectacle*

Emily et ses amies sont très fières de pénétrer dans le temple de la danse où les ont précédées de célèbres étoiles. Elles sont aussi un peu émues de quitter leur famille pour la première fois. Bientôt, leur professeur principal leur annonce une grande nouvelle : le Royal Ballet monte *Casse-Noisette* et recrute de jeunes danseuses pour tenir de petits rôles. Qui seront les heureuses élues ?